Cuentos

HOMBRE VERDE

Gervasio Goris

Titulo Original: Hombre Verde

Autor: Gervasio Goris

Publicado en U.S.A. por Neworld Books,
una división of Neworld Music, LLC

Diseño de tapa: Andrés Diez

ISBN-10: 1-62481-006-3
ISBN-13: 978-1-62481-006-0

INDICE

Agradecimientos

A todos los que me apoyaron en esta ardua labor de re-
copilación. A esos que creyeron que controlar al Hombre
Verde era posible. Si lo es, se los aseguro.

En especial mi agradecimiento a :

Leandro Ekman ,Ricardo Casal, Eduardo Demharter,
Yosef Sebastián Milsztajn, Marcelo Matzkin, Erik Nuñez,
Joe Janulionis, Jonathan Ramírez, Martín Giroud,
Fernando Pareta,   Nicolás Fernández Bravo, Alberto
Baraldo, Viviana Goris, Diego Waisman, Nerea Garbayo,
Néstor Álvarez, Camilo Velandia, Kenneth O'Brien, Iñaki
Goris, Andy Maroglio, Jorge Rangel & Ana García

PROLOGO

No se puede escribir en cualquier parte, porque hacen falta factores múltiples, el menor de los cuales es el silencio.

Se puede escribir en colectivos, subtes, plazas, aulas, anfiteatros, estaciones, oficinas, bares, ascensores, monumentos, terraplenes, comisiones. Pero no se puede sustituir al lugar por la idea. La idea surge y se pertrecha donde sea. Para expresarla hace falta esa paciente calma de la araña; esa ira creadora del huracán. No en cualquier parte, ni en cualquier momento. Mucho menos porque si o porque se debe o se quiere.

Escribir es un compromiso, una misión autosuficiente. Adoptarla significa entregarse y entregar el tiempo, que ya no nos pertenece, porque no existe en ningún lado mas allá del presente.

Y hoy escribo en cualquier parte, burlándome del prejuicio y de los grandes poetas. Solamente escribo, sin motivo, y esto es una falta de respeto (para conmigo).

Quienes me observan piensan que estudio, que resumo ideas o formulo ejercicios. En cierta forma están en lo cierto.

Mi ejercicio es desestructurarme. Mi resumen indigno requiere el detenido examen del tiempo, que nunca me alcanza, tal vez porque no me pertenece. Mi estudio sistemático del ego es un sinfín de inconclusiones, una falta de respeto a la moral y a las buenas costumbres.

Mientras escribo, pienso en lo inútil que es todo esto, pero igual escribo por las dudas. Y esta idea es la única que conserva la esperanza de llegar algún día hasta vos.

CLARA DE NOCHE

¿Como fue que sucedió? No podía recordarlo con claridad, pero en el transcurso de los últimos dos años algo había sucedido con su matrimonio. Creía que todo había comenzado con los sueños de Clara. No sabía con precisión cuando habían empezado, pero de seguro había sido luego del exilio.

Los primeros años los recordaba como felices, pero ahora tanto tiempo después, lo veía todo como dentro de una nube densa y pegajosa. Una nebulosa oscura en la que ambos habían ingresado sin quererlo. No podía tampoco diferenciar bien el antes y el después. Solo recordaba haber sido feliz con Clara. Y ahora ella, pobre...

Ambos habían estado de acuerdo en seguir la oportunidad de trabajo en el exterior. Era la mejor posibilidad para ambos de salir del incierto pozo en el que habitan las familias de la clase media en el sub-desarrollo. El trabajaba mucho y Clara se quejaba de estar mucho tiempo sola. Lo curioso es que el también se sentía solo entre tanta gente con la que trataba a diario.

Clara pasaba horas frente al televisor para poder mejorar su idioma. Además comenzó a dormir hasta tarde, lo cual la devolvió al recuerdo de esas largas mañanas de su adolescencia. El la llamaba cuando salía a almorzar y Clara apenas podía balbucear dos palabras para saludarlo y seguir durmiendo hasta las una o dos. Lo curioso es que muchas veces la encontraba en la cama al volver como a las ocho o nueve de la noche. Entonces Clara comenzó a medicarse, pero la situación solo empeoró con la aparición de los sueños.

Soñó que su marido estaba con dos prostitutas, que mataba perros con el auto y se reía. Lo soñaba matando hombres, acostado desnudo en el asfalto. Siempre él, siempre haciéndola llorar y luego abrazándola para pedirle que se calmara, que solo era un sueño. Después de un mes de sueños, mas medicaciones y tres visitas al psiquiatra, el pensó que algo iba a tener que hacer si quería salvar su matrimonio de esa pesadilla diaria.

Clara de noche se transformaba en una muñeca de trapo, presa de sus terribles ensoñaciones. Un día mientras volvía del trabajo a su casa, vio un perrito herido al costado de la Avenida a unos treinta metros adelante de su paragolpes y de algún modo no sintió pena alguna por el can. En cierta forma lo veía como la materialización de la pesadilla de Clara. Si pudiera parar esas pesadillas, pensó. Casi sin notarlo movió el volante en una brusca maniobra y escuchó al perro chillar debajo de las ruedas.

Esa noche Clara no soñó. A la mañana siguiente ella se levantó temprano a prepararle el desayuno y el, por primera vez en meses, pudo sentir un alivio al menos temporal. Dos noches mas tarde Clara soñó que su marido mataba a un hombre en un callejón. Se despertó llorando y mientras el la abrazaba, pudo sentir como le temblaba el cuerpo de modo descontrolado. Clara tomaba a sus sueños como si en verdad hubieran sucedido. Los consuelos del marido de poco servían, ya que siempre volvía a dormirse entre sollozos.

Al mediodía la llamo para saber como andaba y ella solo le dijo:

—Esta maldición de los sueños te la debo a ti. Sueño lo que sueño por tu culpa. No se como explicártelo, pero se que es así...

El colgó atónito ante semejante desvarío. Ya no toleraba mas la situación. Su preocupación por el estado mental de Clara era extrema. Decidió entonces dejar el auto en la cochera de la oficina y bajar caminando por el boulevard hasta llegar al río. Se quedó pensando en un banco hasta que se hizo de noche. ¿Como podrían salir de semejante menjunje del subconsciente?¿Como ayudarla y al mismo tiempo salvarse de ese martirio diario? Se levantó para regresar sin respuestas al hogar donde Clara le otorgaría la potestad de nuevas pesadillas.

Mientras caminaba, aun cavilando acerca de las pesadillas de Clara, notó que alguien lo seguía de cerca. Al darse vuelta vio al ratero con el puñal en la mano. No supo como, pero un instante mas tarde, el hombre yacía con su propio puñal en el pecho sobre un charco de sangre que lo empezaba a rodear. Pensó que lo mejor sería eliminar la evidencia arrojando el puñal al río. Lo lanzó con fuerza mientras el ratero exhalaba por última vez.

Caminó hasta su casa, todavía en shock por la muerte del inexperto criminal. Nunca había matado a un hombre. Cuando entró a su casa, las luces estaban apagadas. Clara dormía ya. Comió algo para calmar sus nervios. Luego se duchó y se acostó sin decir palabra.

Esa noche Clara soñó que era un pez. El no aparecía en ese sueño, por suerte. En la mañana la dejó durmiendo en una paz relativa. A eso de las once le sonó el teléfono de su despacho. Era Clara que estaba mas exaltada que nunca. Rara vez lo llamaba a su oficina y este llamado lo preocupó aún mas. Había seguido soñando con el agua. Soñó que la pescaban y que él era el pescador. En el sueño ella le pedía piedad, pero el igual le cortaba la cola y la cabeza con un cuchillo de mango de madera. Sin mayor éxito, intento calmarla por la vía telefónica, pero sabía que la labor no concluiría hasta su regreso al hogar.

Al volver, Clara lo esperaba en el living. Sin dudar un instante le dijo que no toleraba más la situación y que sabía que lo mejor sería que ella se volviera a su pueblo. El podía quedarse para seguir con su carrera dentro de la empresa. Al fin y al cabo le estaba yendo bien. El no entendía bien de que le hablaba. ¿Porque quería irse?

Entonces todo se tornó violeta, oscuro y agrio. Clara le dijo que en verdad creía que un día le cortaría la cabeza. Comenzaron a discutir. El la llamó loca y ella actuó su parte dado que estaba completamente fuera de sí. Intentó calmarla con un abrazo, pero ella no quería que el la tocara. Igual la abrazó, esta vez mas fuerte y ella intentó soltarse, pero no pudo porque el ya hacía mucha presión sobre su muñeca como para no dejarla ir.

—Lo sé. ¿Vas a matarme, no?

—¿Porque decís esas cosas, Clara?

Ella no era así. Clara no era así, se repetía por dentro.

—Ya te dije que no me llames mas Clara. Mi nombre es Alejandra, ya lo sabés. ¿Y quien mierda es Clara? ¿Me vas a decir alguna vez?¿Una amante, una ex-novia? Decíme hijo de puta...

La trompada le rompió la mandíbula y la dejo inconsciente en el suelo. Nunca le había pegado a Clara. Clara no era así.

SOBRE ESPEJOS

Quiero hablar sobre espejos. Más bien, escribir acerca de ellos. Nadie se da cuenta, pero no hay dos espejos iguales. Cada imagen que reflejan es distinta porque no puede haber dos espejos en el mismo lugar y al mismo tiempo.

Y toda esta reflexión viene después de amanecer este jueves, caminar los trescientos metros hasta el auto y encontrarme con mis dos espejos rotos. ¿Quien es capaz de romper dos espejos adrede? Catorce años de mala suerte. Para ser estricto deberíamos aclarar que entre los cabalistas, la doble rotura funciona como potencia (esto no lo habrá considerado quien rompió mis espejos). Catorce a la catorce... una parva de años, una eternidad digamos.

No puedo discernir si esto es cierto, pues he tenido mala y buena suerte. También he roto espejos, pero nunca adrede. Ahora bien, como averiguar si ambas cosas tienen relación. No es posible saberlo, porque en materia de espejos no hay nada escrito.

SI EL AUTO HABLARA

Se levanto con el sueño vívido aún. Había matado a un hombre. No sabía a quien, pero en ese baúl imaginario a una cuadra de la casa que lo había albergado por tantos años y que ahora era edificio de departamentos, había un cuerpo esperándolo.

En su sueño, su amigo Adrián iba a ayudarlo a cubrir el crimen. Era policía y sabría mejor que el como encubrir la evidencia mejor que el, o al menos eso suponía el en su inexperiencia criminal onírica.

Eran las siete y cuarto y el sueño lo había desvelado. Todavía quedaban tres cuartos de hora para que sonara el despertador. Decidió levantarse en silencio, para no despertar a su mujer. Pensó en lo absurdos que eran la mayoría de los sueños, pero lo real que le había parecido esa cuchillada en el pecho de su víctima soñada. Mientras preparaba el café decidió que lo mejor sería no contarle el sueño a Ana. A ella le encantaba interpretar sus sueños y buscarle un significado siempre rebuscado y obscuro, que inevitablemente lo dejaba mal parado. Este no era un sueño para contar.

Asesinato, muerte. No sabía bien porque había matado a ese extraño en una casa que no existía ya hacía años, en un barrio que sería siempre el suyo aunque estuviera a ocho horas de avión. Pensó, sin ningún sentido, que lo mas sensato seria llamar a Adrián. En Buenos Aires ya eran las ocho y media, una hora prudente para hacer el llamado. No hablaba con él desde el cumpleaños de Carlos, durante su ultima visita. En aquella ocasión todavía lo notaba muy afectado por la muerte de su padre. Sin pensarlo demasiado tomo el teléfono y marcó el 011-544-11.Del otro lado se escuchó.

—Hoooola

Así contestaba Adrián su teléfono. Era imposible no reconocer esa voz y esa forma de atender los llamados. El clásico saludo no había cambiado, lo cual logró tranquilizarlo apenas un poco. No sabía que decirle, no hablaba con él hacia meses de modo que inicio la conversación de la forma mas absurda, como si aún estuviera envuelto en el sueño.

—Adrián, soy yo Pedro. Disculpá que te moleste, es que tengo un problema. Me parece que maté a alguien, pero fue un accidente... fue en un sueño.

Adrián no respondió.

—Adri... ¿Me escuchás? No se que hacer. El cuerpo lo dejamos frente a la vía, adentro del baúl del auto donde antes vivía la vieja de la casa prefabricada. Vos no tuviste nada que ver, pero...

El llamado se cortó de pronto y Pedro se quedó pensando en que habría pasado y que estaría pensando Adrián ante tanta incoherencia. Volvió a discar 011-54-11. Adrián atendió ofuscado esta vez. No hizo su habitual saludo.

—¡No vuelvas a llamarme nunca más!—y corto el llamado de manera abrupta.

Pedro se quedó pensando en las cientos de veces que Adrián lo habría pasado a buscar para jugar a la pelota o cuando, años mas tarde, le tocaba bocina con el Escort rojo para salir a bailar o dar una vuelta en auto nomas. En ese instante le volvió una imagen del sueño a su mente: el cuerpo lo habían cargado en el baúl del Escort y así lo habían llevado hasta el otro lado de la vía, a tan solo dos cuadras cortas. Cuando iban a descargarlo pasaba un patrullero y allí se despertó entre frases absurdas. En el sueño, Adrián quería poner el cadáver nuevamente en el baúl del auto mientras que Pedro, que era inexperto en la materia, proponía dejarlo allí detrás del terraplén nomas.

También recordó que la navaja, aun manchada le rozaba la pierna dentro de su bolsillo mientras ocurría este debate criminal entre viejos amigos de la infancia.

Decidió olvidar la cuestión y salir temprano al trabajo. Esa noche lo llamo Carlos, que rara vez lo llamaba larga distancia. Con el tampoco hablaba desde su cumpleaños. La noticia lo sacudió: Adrián estaba preso. Parecía ser que lo venían siguiendo los de Asuntos Internos por la desaparición de un Comisario. Esa misma tarde habían encontrado el cuerpo del comisario dentro del baúl del Escort de Adrián.

—¿Te acordás del Escort? Yo pensé que lo había vendido, pero parece ser que lo tenía guardado en el taller de su abuelo en Villa del Parque. Si ese auto hablara... ¿Te acordás como salíamos siempre en ese auto? Si le habremos hecho kilómetros juntos... ¿Y ahora que hacemos? No se que hacer, chabón.

Pedro balbuceo un par de ideas sin sentido y le corto excusándose de que lo estaban llamando en la otra línea. Esa noche no pudo dormir bien. Se despertaba entre sueños. Soñaba con el Escort y con Adrián que le decía:

—Yo te ayudo, pero acordate que fuiste vos el que lo pinchaste.

Todo iba cerrando en la cabeza de Pedro. Adrián no había matado al Comisario. Sin duda lo estaban acusando de un crimen que no había cometido, como a los de *Brigada A*.

Dos días mas tarde estaba en Buenos Aires. Estaba convencido de que su amigo era inocente. No había podido hablar con su *cómplice del subconsciente* nuevamente ya que se encontraba, como les gusta decir a los policías en la tele, *incomunicado*.

Ni bien llego, hablo por teléfono con el hermano de Adrián, que también trabajaba en la fuerza y por medio de el pudo conseguirle una entrevista con los investigadores aduciendo que sabía algo sobre el caso. Entro en las oficinas de Asuntos Internos dentro del Departamento Central de Policía. Lo esperaban dos gordos en un despacho sucio y desordenado. Comenzó con su relato, pero no duró mucho. Quisieron terminar con la entrevista ni bien les contó que la evidencia con la que contaba era un sueño que había tenido dos noches antes. Los dos gordos se rieron de manera ostentosa, burlándose de el. Pero la cara les cambió de golpe cuando les pregunto sobre el llamado.

—¿Que llamado?—preguntaron entre nerviosos y asustados.

—El que le hice Adrián el día que descubrieron el cuerpo.

—Señor, eso no es posible. Su amigo se encuentra detenido desde hace una semana. No pudo haber hablado con Adrián el día que descubrimos el cuerpo.

—¿Y como llegaron al auto?

Ahí mismo lo sacaron a empujones del despacho. Pedro no quería callarse, pero prefirió no hacer mas bulla porque sabía como eran las cosas en Argentina.

Caminó por Moreno hacia el lado de la 9 de Julio. En la esquina de Salta se detuvo mientras esperaba el semáforo, pensando que por allí alguna vez habrían pasado con el Escort. Mientras trataba de recordar a que boliche habrían ido, sintió el frío en las costillas. Se desplomó sobre el asfalto.

Mientras le sacaban la billetera del pantalón escucho como el sujeto le decía claramente al oído:

—Esto te pasa por soñar pelotudeces.

Se quedo mirando unas nubes mientras los ojos se le iban llenando de sangre y el pavimento se humedecía. Justo antes de desvanecerse pensó en la frase de Carlitos.

Si ese auto hablara...

LA TORMENTA DEL 29

El viento arrecia y desde hace unas horas el oleaje comienza a hacerse notar cada vez más. Esta vez llega la tormenta el día 29. Los pescadores locales casi siempre cuentan con un temporal al mes y, aunque están cansados, se han acostumbrado a la mar revuelta y la ausencia de peces.

Por eso este mes, cuando ya todos creían que no habría tormenta, cae este temporal de barro y agua sucia. Aparece de la nada para golpear con una violencia inusitada. Los del pueblo corren por las callecitas para buscar refugio, pero ya es tarde. Los techos comienzan a volar y muchos ya están pensando como harán esta vez para comenzar de nuevo a reconstruir sobre lo reconstruido.

Cynthia piensa que va hacer sola con su bebé si su marido no vuelve con su canoa de pesca. Todas las tardes, a las seis, trae la pesca del día y llega cansado al hogar con el que había soñado toda su vida.

Allí lo esperan su mujer y su bebé de tan solo seis meses.

La tormenta lo tomó por sorpresa, porque como muchos otros pescadores, ya creía que este mes no habría mal tiempo. La ira del mar lo forzó a soltar sus redes rumbo al fondo, una perdida más. Esa noche no habría comida pensó. Tal vez un enlatado.

Cuando las olas comenzaron a inundar la canoa, dejo de preocuparle tanto la comida de la noche y comenzó a pensar en Cynthia y su bebe, Tobías. Pensó en como serían sus vidas si esa canoa se hundía allí tan lejos de la costa y el no podía regresar a tierra a salvo.

Para las estadísticas sería un ahogado más, pero para su familia un hueco que se haría sentir por siempre. Luego pensó que ella, tal vez con el correr del tiempo, podría conseguir otro marido y si no pasara mucho tiempo su hijo podría llegar a llamar Papá a otro distinto a él. Esta idea no le provocaba ira, sino mas bien incertidumbre. ¿Existía ese suplente de uno mismo en alguna parte?¿Quien sería?¿Como trataría a su esposa y a su hijo?

Pensó en las miles de peleas que su matrimonio había atravesado. No podía recordarlas todas, pero si recordaba la última. Siempre se recuerda la última pelea. Y la primera vez que se hace el amor. También se recuerda al hijo naciendo, la primer comida y la vez que se prendió a la teta en el hospital.

Al mismo tiempo cuanto más olas cargaban su canoa, mas ímpetu le ponía al balde para desagotarla. Sabía que había pasado muchas tormentas feas a bordo de esa canoa y esta no iba a vencerlo.

El cielo estaba completamente negro y cualquier pescador sin experiencia se habría asustado de ver ese color en las nubes, siendo tan solo las dos de la tarde. En eso, una ola gigantesca tomo la nave y la dio vuelta como a una nuez. Todos sus elementos de pesca se fueron al fondo, pero no le importó nada porque él aun estaba a flote, aun tenía la esperanza de vivir.

Volvió a pensar en la incertidumbre que le provocaba la idea de un padre sustituto para su hijo. Quería pensar en un hombre excelente, alguien que fuera mejor que él. Que no bebiera tanto, que supiera contener la ira y que no descargara las frustraciones en su pareja. Sin embargo no lograba encontrar a ese fantasma sustituto. Lo buscaba, quería imaginarlo para poder ahogarse tranquilo, pero la imagen del sustituto no lo tranquilizaba. Imaginaba a un monstruo sin cabeza. Se imaginaba a si mismo volviendo de la muerte para asustar al sustituto, para vigilarlo y obligarlo a no cometer los errores que el tantas veces había cometido.

Entonces, allí en medio del océano, logró darse cuenta de que el mejor sustituto era él mismo. Soltó la canoa semi hundida y comenzó a nadar. La tormenta no se lo hacía fácil, pero el estaba decidido a llegar a la costa sea como fuera.

No sabía cuanto tardaría pero brazada tras brazada su cuerpo iba arrimándose lentamente a la tierra que lo había visto nacer. La única idea que lo mantenía vivo era la de hacer llegar al sustituto, para que pudiera llevar la comida y las sonrisas a su esposa e hijo.

Estaba anocheciendo y pensó que si caía la noche, se iba a desorientar y no sabría como poder llegar. Entonces mientras el sol se escapaba del horizonte entre las olas, las brazadas se redoblaron y cuando ya casi no le quedaba fuerza, sintió el suelo tocar sus pies. Las rompientes lo revolcaron entre la espuma. La felicidad que sentía era inmensa.

Llego empapado, lleno de sal y arena. Eran las siete y cuarto. El sustituto perfecto había llegado. Su hijo iba a tener un padre y su mujer un marido.

MARTIRIO

Desde el comienzo estábamos condenados. Éramos pocos y no sabíamos lo que estábamos haciendo. Creíamos que de algún modo era una forma de *La Rebelión*, pero sin darnos cuenta, estábamos contribuyendo a perpetuar el sistema. Ilusos individuos buscando pares.

Este mundo ya nunca será lo que fue. Aún con todas sus imperfecciones, calamidades, abusos y maltratos el siglo XX nos parecía el paraíso. Nuestro grupo, de algún modo, estaba conectado por este sentimiento. Una especie de romanticismo *New Age q*ue, como todo en esta era, comenzó en línea.

Comenzamos llamando a nuestro grupo *Alpha Rebels,* pero pronto lo cambiamos por sugerencia de un nuevo adherente a *Martirio*. El *Martirio* lo representaba todo. Esta vida en línea sin sentido, las relaciones vacías que todos manteníamos, los absurdos trabajos que nos daban lo justo para comer comidas asquerosas, los gobiernos electos también en línea a través de las paginas oficiales del país en Facebook.

Por ejemplo, mi trabajo durante las ultimas tres semanas había sido actualizar todos los *tags* de las páginas , sub-páginas y páginas ocultas en el servidor de *La Empresa*. Nuestro equipo tenía a cargo la renovación de *tags* y palabras claves para que los buscadores siempre nos dejaran primeros en la página de resultados de búsqueda. El hecho de que *La Empresa* estuviera valuada por los jornales de economía en línea en más de 3900 billones parecía tan absurdo como el trabajo que realizábamos.

En *Martirio* sabíamos que el ataque, si algún día lográbamos perpetuarlo, debería ser a nivel de servidor. Apagar todo. Lograr que la población entera pudiera darse cuenta de que podían vivir sin su cuenta de Facebook, sin su celular, sin actualizar su status o leer sobre otras actualizaciones de los demás. El sentir que podíamos llegar a vivir al menos unas horas sin la conexión permanente de la vida en línea era casi tan inimaginable como el volver de algún modo fortuito al estado de naturaleza.

Desde ayer el clima en mi equipo se nota un poco raro. Tal vez porque en un foro interno de *La Empresa* alguien había posteado anónimamente manifiesto de *Martirio*. Varios creyeron que había sido yo. Un par de compañeros me lo preguntaron sin vergüenza. Negué dos y hasta tres veces como Simón Pedro. Todo, pensé entonces, era por el bien del grupo. Por la causa evanescente de un servidor que cae, al menos por un tiempo para quitarnos del sopor en el que vivimos desde hace décadas.

Aun me queda inventar una buena excusa para poder escaparme dentro de unos minutos para llegar hasta el corredor central, luego descender en el elevador que lleva al nivel ejecutivo en el quinto subsuelo, para allí superar la seguridad y burlar al guardia robot con un *hack* de reconocimiento de voz para que me de acceso al deposito controlado de servidores de *La Empresa*. La red social que opera en línea a través del sitio que es propiedad de *La Empresa,* es casi tan compleja como el laberinto subterráneo que lleva hasta los servidores que hacen que esta red social simule ser una red real.

En un principio los objetivos simulaban ser nobles. ¿Que tiene de malo reconectar viejos amigos? Después llegaron los estudios de opinión, los juegos en línea, las encuestas, las compras en el sitio, las simulaciones, las relaciones amorosas virtuales, las elecciones nacionales y también las del parlamento internacional. La unión de ciertos países y la división de otros fue decidida a través del sitio. Hace quince años que no voy a exteriores pero supongo que la mayoría de las personas también piensa en el ambiente exterior como otra ilusión similar a la idea de poder vivir sin nuestra nueva existencia en línea.

Entonces me llega la idea que estaba aguardando. Hace seis días salude al *Coordinador de Páginas Externas y Aplicaciones* en el elevador que lleva al nivel ejecutivo, mientras me dirigía con mi reporte diario hacia mi superior, el Dr. Nyuen. Recordé que el Coordinador mencionó estar muy entusiasmado con una nueva aplicación que estaba desarrollando que permitiría percibir el estado anímico de las personas utilizando la cámara instalada en sus dispositivos. Esta podría ser usada por psicólogos en línea, doctores en línea, policías, novios, cónyuges... en fin, miles de aplicaciones me dijo. Me encaminé hacia el elevador ante la mirada absorta de varios de mis pares.

Entre en el mismo y la voz computarizada me pidió mi código de acceso. Se lo di y cuando preguntó a quien iba a ver al nivel corporativo le dije que tenia una reunión con el *Coordinador de Paginas Externas y Aplicaciones,* Alex Stevenson. El elevador comenzó su descenso. Sentí que mi pesimismo, comenzaba a crecer súbitamente. No llegaba a un estado de euforia o siquiera de emoción. Simplemente era la extraña sensación de que todo podría salir mal en un instante. Podría salir bien también.

No sabía bien cual era su oficina pero caminaba por los pasillos del nivel corporativo como si lo conociera a la perfección. No salude a nadie. Camine como unos cinco minutos. De repente me di cuenta que estaba frente al elevador nuevamente. La voz computarizada volvió a preguntarme a quien venia a ver y abrió su plateada puerta. Conteste que no había encontrado al *Coordinador de Paginas Externas y Aplicaciones*. La voz respondió: *Cubículo C521.*

Estaba solo a veinte pasos. Al llegar al cubículo observe un ridículo salvapantalla con un Santa Claus robotizado. Todo un símbolo de nuestra era. El cubículo estaba vacío. Habrá ido al baño, pensé. A la izquierda del teclado, junto a una lata de *FaceCola,* vi la brillante tarjeta anaranjada que da acceso al deposito controlado de servidores. La tome sin dudarlo. Retome el laberinto de pasillos del nivel corporativo hasta llegar a la puerta de vidrio. La famosa puerta de vidrio detrás de la cual existían las vidas en línea de todos los habitantes del planeta.

Sabía que los servidores no podían apagarse. Estaban conectados por el suelo al network de fibra óptica que llevaba y traía datos de todas partes del mundo.

Mi plan era el siguiente: llegar a una terminal. Implantar el virus que habíamos programado en largas sesiones junto a los demás integrantes de *Martirio* y retirarme.

Estaba por alzar la tarjeta para acercarla hacia el sensor cuando me tocan el hombro. Era el Coordinador. Fue curioso, pero me dio un abrazo, como si fuera un viejo amigo con el me reconectaba a través de un laberinto mas intrincado que la programación de nuestra red. Insistió que lo siguiera hasta su cubículo para que me demostrara la nueva aplicación de la que me había hablado. No tuve mas remedio que seguirlo. Al llegar a su cubículo tecleo su clave para dar fin al ridículo Santa Robot. Entonces disparo la aplicación y acto seguido apunto su cámara a mi rostro. Estaba francamente excitado y yo no. Dio vuelta su cabeza lentamente hasta mirarme desde su asiento con una cara que no supe descifrar pero que mostraba algo de miedo y algo de fascinación. Me pregunto que me pasaba. Le dije que nada.

Su software me había clasificado como elemento peligroso, algo que solo le salía a los enfermos mentales y a los programadores que no se desconectaban al menos una vez al día. Argumente que había tenido una pelea con mi novia de Taiwán. Se había enterado de mi affaire virtual con una estudiante jamaiquina. Me contesto que en esta era de las redes sociales no se pueden hacer esas cosas. Le di la razón sin que supiera que en verdad no tenia ninguna novia, aunque mi perfil si mostraba a una supuesta novia de Taiwán y dos amigas virtuales de Jamaica. Solo me comentó que estaban pensando en instalar su software en todas las computadoras de *La Empresa* y además estaban negociando para instalarlo en todas las computadoras y teléfonos que fabricaba la empresa. Solo me dijo que era peligroso sino cambiaba mi estado de ánimo. Podía llegar a perder mi empleo inclusive.

Luego volvió a girar la cabeza hacia su monitor y se despidió sin mas diciendo que debía seguir trabajando en la aplicación. Su tono, y tal vez su programa estaría de acuerdo con mi juicio, me confirmo que se había desilusionado de descubrir en mí un elemento peligroso. Un virus para el sistema.

Ahora voy subiendo en el mismo ascensor que me llevo a este nuevo desencanto. En camino a mi nivel de trabajo, donde todo seguirá siendo gris. Allí arriba se que todos van a mirarme como diciendo, a que fuiste para abajo si aun no son las siete AM.

Pondré cara de emoticón y me sentare a planear el próximo ataque.

LOCALIDADES IMPROBABLES

~Dedicado a mi amigo Nicolás

"Una línea es una sucesión infinita de puntos", pensó Augusto. Esa vía frente a el, era una sucesión infinita de localidades improbables, de las cuales Pipinas era tan solo una.

Desde 1977 que el tren había dejado de pasar por la estación y el pueblo se había ido transformando paulatinamente en una caricatura vernácula de las películas del lejano oeste. Pero en Pipinas no había *cowboys*, ni cardos rodando por la calle principal. Solo quedaba gente, la poca que había decidido no irse desde el cierre de la estación. Tantas veces había escuchado a su abuela comentando sobre el inmenso flujo de gente que pasaba por el pueblo en los días en que llegaba el tren a Pipinas. En los sesenta llego a pasar tres veces por semana, en lo que podríamos decir, fue la época dorada del pueblo. Su propio abuelo materno había trabajado en la boletería de la estación por mas de veinticinco años, hasta el día en que el infarto lo sorprendió dándole el vuelto a Don Bonifacio Maure.

Augusto ya tenía treinta y siete años, y desde los quince que trabajaba en el local de reparación de radios que había heredado de su padre. Su papá se había mudado a Pipinas desde Juan Lacaze, donde había aprendido el oficio de reparación de radios a transistor de un negro que todos llamaban *Boteco*. También su padre le había narrado incansablemente lo distinto que era Pipinas en aquel entonces. Los domingos en la plaza del pueblo. La vez que los visitó el Presidente Arrambide y se alojó en la *Posada del Cangrejo*. El resto eran solo recuerdos, casi todos de la época del tren.

Augusto había ido a la capital tan solo dos veces: para la final del mundial y para ver morir a su padre en el Hospital de Clínicas. Desde entonces no había vuelto ya que debió hacerse cargo del local de reparación para poder darle sustento a su pobre madre.

Fue en esa soledad desesperada de pueblo que una tarde encontró su razón de ser, el motivo por el cual nunca se iría de Pipinas. Habían pasado ya tres meses desde el entierro de su padre y entonces pensó que sería oportuno y productivo ordenar el tallercito que se encontraba detrás del local de atención al publico. Ese tallercito permanecía cerrado hacía años, por lo que el polvo y la humedad, lo cubrían todo. Mientras iba deshaciéndose de viejos repuestos que ya nadie iba a necesitar, dio con un cajón que se encontraba oculto detrás de dos tachos de pintura de veinte litros. Al abrirlo no sabía que allí dentro encontraría, tal vez la razón por la que había permanecido en Pipinas. Una *Sanyo* del Sr. Arroyo fechada Agosto de 1967. Dos *Spika* sin nombre, pero con fechas previas al 59, tal vez provenientes del Uruguay. Una *Arvin* de los años cincuenta dejada por la esposa del almacenero Fabricio Azure en Abril de 1971.

Así fue descubriendo una increíble colección de radios a transistor que su padre había ido guardando. Trabajos que los clientes por un motivo u otro nunca habían pasado a recoger. Cada radio era una historia. Detrás de cada una de ellas había un secreto motivo para que estuvieran allí archivadas en ese cajón de la *Central de Reparación de Radios* de Pipinas.

La primera lágrima corrió por la mejilla de Augusto. Se acordó de su papá y, por primera vez en veinticuatro años, volvió a correr esa salada humedad por su rostro. No lloraba desde el día en que partió el ultimo tren a Capital desde Pipinas. Pero este no era un llanto igual. No era un llanto con dolor, ni un llanto por haber perdido a su padre tan tempranamente. Era otra sensación inexplicable, como si en ese cajón olvidado, tras las latas de pintura hubiera hallado no solo una cantidad de radios a transistor, sino mas bien la razón de su existencia.

Tantas veces se había preguntado que estaba haciendo aún en Pipinas. Todos sus primos se había ido. Todos sus amigos de la infancia estaban viviendo en la Capital o en el exterior. Sentía que solo él había quedado en Pipinas, como si fuera el ultimo espécimen de una especie en extinción. No tenía esposa ni hijos. Su única novia se había ido a estudiar a Córdoba y no había regresado mas nunca. En su última carta le había escrito que ella no tenía ya nada en común con ese pueblo.

Augusto en cambio, sentía que tenia su destino atado a Pipinas. Aun después de que cerraron la estación, luego de la muerte de su padre, aun tras la partida de sus primos y sus amigos. Ante el constante abandono encontraba siempre motivos para quedarse. No sabía bien porque, pero el sabía que se quedaría en Pipinas para siempre. Muchas veces cuando algún primo volvía de visita se encontraba repitiendo las mismas frases: *"Y... quien va a ocuparse de mamá"*, o *"El negocio solo no se atiende"*. Sus primos siempre lo miraban con una mezcla de pena y admiración. Ellos también extrañaban algo de la vida en Pipinas. Había algo que en la Capital nunca hallarían.

Eso mismo fue lo que Augusto encontró en ese cajón perdido tras las latas. Algo que en la Capital nunca hallaría. Una razón. Tal vez, la única razón.

Mientras desempolvaba una vieja Zenith Trans-Oceanic 7000 perteneciente al Doctor Diller, la idea lo golpeó como un martillazo en la sien. Esas radios habían sido dejadas allí por un motivo. Eran un documento que estaba aguardando para ser descubierto y el lo había logrado desenterrar para ahora si enseñárselo al mundo. Este hallazgo debía ser compartido con el resto de la humanidad. De esto no cabía la menor duda.

En breve Augusto abriría el primer *"Museo de la Radio"*. Imaginaba la gente llegando desde la capital en ómnibus, en auto o en moto. Los medios lo entrevistarían, le preguntarían por el origen de los aparatos, sobre su historia y sobres sus dueños. Es que este no sería tan solo un museo sobre la tecnología, ya muerta, de la radio a transistor. Sería un museo de la historia de esos aparatos y sus dueños. Un museo de los motivos que llevaron al arribo de las radios a ese cajón. Un museo único e inexistente.

Su madre lo apoyo incondicionalmente en el emprendimiento. Decidieron transformar el living de la casa en la sala de exposiciones. El zaguán seria la entrada y el baño que se encontraba al lado de la cocina seria el que utilizarían los visitantes del museo. No fue difícil construir las vitrinas. Hubo que mudar los muebles al taller y cambiar los cuadros de lugar. Además en el frente de la casa pintaron en letras negras: *Museo de la Radio*.

Los vecinos extrañados comenzaron a preguntar por la fecha de apertura. Augusto determino que seria adecuado inaugurarlo el 18 de Junio, fecha de nacimiento de su padre. Quedaban tres semanas.

Se enviaron invitaciones impresas al diario local, al Intendente de la ciudad y, por vía verbal, a todos los vecinos de Pipinas. Llego el día 18 y todo estaba listo. Abrieron a las diez y sin ningún emotivo acto, los vecinos pudieron comenzar a admirar la exposición. Veintisiete aparatos de radio a transistor de catorce marcas diferentes. Las fechas de fabricación iban desde 1948 hasta 1975. Una colección única e improbable, tal vez tan improbable como el oficio de Augusto y la propia localidad de Pipinas.

A eso de la una de la tarde pasó el Intendente, mientras iba camino a su religiosa siesta de la tarde. La prensa local mandó a su único reportero, quien entrevisto a Augusto por más de veinte minutos. Augusto y su madre se sentían realizados. Los últimos en llegar fueron los primos que llegaron en un micro de la Capital a las seis de la tarde. El museo se cerró a las ocho y antes de cenar Augusto decidió ir a dar una vuelta.

Sus pasos lo llevaron hasta la estación donde había trabajado su abuelo. Se sentó al borde del anden y miro esa vía interminable por la cual tantos habían llegado a Pipinas. Esa misma vía, que años antes, había traído su padre desde Juan Lacaze. Esa infinidad de puntos improbables que se hallaban desconectados unos de otros desde el cierre del ferrocarril.

Cerro sus ojos e imaginó esa estación en los años cincuenta, en la era en que las radios a transistor eran el articulo mas codiciado por los hogares modernos. En ese sueño consciente vio llegar el tren de la Capital, vio como no echaba tanto humo como el imaginaba. Vio bajar a su padre del segundo vagón, tan joven como en las fotos en blanco y negro que conservaba su madre. También lo vio caminando directamente hacia donde él estaba, con su amplia sonrisa. Sintió su inconfundible presencia cuando se detuvo frente a él. Entonces percibió el abrazo de su padre que venia a agradecerle por la apertura de un museo que el mismo había soñado tantos años antes.

ENTRE EL UNO Y EL TRES

Dolor de muelas. Dolor de barriga. Dolor de espalda.

Que poco literario es escribir sobre lo que a uno le pasa, pero que carajo... el dolor te obnubila, macho. No te deja pensar. Te tiene contra las cuerdas y te golpea sin pausa. Cada día millones lo sufren, pero a mi no me importa lo que otros sufran, porque aunque sea paradójico el dolor te hace insensible.

Todo comenzó con una infección por una muela mal tapada, luego el hielo en la mandíbula, el 29 en camino a una guardia odontológica en medio de la madrugada y el ficticio alivio de la anestesia. Meses después la perdida de la muela que se parte justo en medio de un intento de salvataje. Entonces fui feliz por varios años. El hueco no me conflictuaba y mi boca vivía sin problemas con ese intersticio entre el molar uno y tres.

Luego, ya tras mi venida al imperio llego la presión social y aunque mi boca era feliz, mi ego pensó que lo mejor seria hacer un implante. Que palabra mas horripilante. Si uno pudiera en verdad oír como suenan las palabras de las intervenciones que nos hacen de seguro nos moriríamos antes pero sin permitir semejantes actos antinaturales. El punto es que el implante es como colgarte un cuadro dentro la boca, solo que mas macabro.

Para quien no lo haya sufrido se procede de esta forma: se corta la encía, se taladra el hueso, se hace una rosca y se mete algo así como un *ramplug* donde luego calzara el tornillo del implante. Todo bajo la gentil influencia de la anestesia. Claro que la anestesia se pasa y ahí empezamos con el punto sobre el que escribo al comienzo de este relato.

Meses después cuando el organismo ya se recompuso de la invasión del *ramplug,* llegamos otra vez al dentista que mide y mide hasta lograr que le armen *"una pieza ideal".* Fíjense que le llaman *pieza* y no diente o muela. Te meten una *pieza* en la boca y para colmo la atornillan. Ahí dentro de la cavidad bucal donde apenas cabe una cuchara, ellos meten una suerte de llave *Allen* que ayuda a ajustar la *pieza* y pegarla bien al ramplug, que a esa altura esta incrustado en el hueso.

El relato debería terminar aquí diciendo que el sujeto vivió feliz el resto de sus días con su boca repleta de dientes (mas una *pieza*) pudiendo masticar y devorar cuanto alimento se le plantara delante. Pero no es así. Esa *pieza* siempre se sintió una extraña en mi boca y pensaba que ya se iría a pasar, que era la novedad de tener una porcelana atornillada a mi hueso. Sin embargo esa sensación de rareza, de ajenidad nunca logrará irse de mi boca desde el día en que accedí a hacerme ese fatídico implante.

Lo que jamás te dicen *ellos* es que ese implante puede fallar y aquí vamos a la conclusión. Ahora cinco años después mientras me hago un chequeo de rutina me dicen que el implante esta siendo rechazado (lo sabia) y que van a intentar salvarlo. Me acordé de la muela que estaba originalmente en esa posición y que al intentar ser salvada se partió a modo de protesta por la intervención. Entonces cazan de nuevo el bisturí y abren la carne, brota la sangre que cubren con gasas y le dan matraca al hueso que, pobre no debe entender ya que le esta sucediendo mientras piensa :

"Aquí había una muela que quise, pero me dejó y en su lugar me pusieron esta *pieza* que no sirve para nada. Yo no la quiero y es por esto que me niego a aceptarla. ¿Por que ahora me atacan y me taladran, me hacen cortes y me incitan a la inflamación, a la reacción de defensa? ¿Acaso quieren que acepte esta *pieza* horrorosa que me vienen queriendo imponer hace tanto tiempo? Eso es imposible. Moriremos si hace falta, pero esta *pieza* no va a quedarse aquí."

AVANZA JULIO

En las horas que precedieron al envío del telegrama muchas ideas pasaron por la cabeza de Julio. Estaba seguro de la determinación que había tomado pero no podía avizorar aun las consecuencias de sus actos.

Trabajaba en la curtiembre familiar desde los dieciocho y, ya con 32 tenía bien en claro que ese no era el futuro que buscaba para si.

El problema no era quien iba a sustituirlo en la labor, sino más bien como iba a quedar su padre luego de este segundo abandono. El primero había ocurrido cuando Julio tenía tan solo once años. Hacía dos semanas que había fallecido su hermano mayor mientras nadaban alrededor del velero que su padre aún conservaba en Málaga. En aquella oportunidad Julio le pregunto a su padre por el purgatorio:

—Julio, ese es un lugar que no existe. Es un invento de los curas.

—¿Entonces, donde esta Pitu, papá?

Su padre se quedo inmóvil, atónito y en silencio ante semejante cuestionamiento ontológico. ¿Donde iban los seres al dejar de ser? Nunca obtuvo esa respuesta de su padre, que luego busco por años. Dos días después Julio se tomo un tren a Málaga para ver si los curas podían darle esa respuesta. Después de todo, supuso que esos curas serían los que mejor sabrían donde podría estar su hermano. Ellos habían inventado lo del purgatorio.

En la catedral de la Encarnación de Málaga consiguió hablar con el Padre Francisco que entre pena y catecismo le explico exactamente donde estaba Pitu, con Dios en el cielo. Le dijo además que el no debía estar triste, ya que su hermano se encontraba en lugar mejor que esta tierra de pecado. Julio salió de esa charla con el párroco bastante tranquilo y se decidió a caminar por la Calle de los Curas desde donde podía apreciar los barcos del puerto. Antes de llegar al Paseo de la Farola pudo apreciar al *Mulato* a lo lejos. Sus dos mástiles le traían sus mejores recuerdos de infancia cuando todavía Pitu jugaba con el sobre cubierta. Veinticinco días antes habían salido los tres a dar un paseo por el mediterráneo. Había sido Pitu el que sugirió saltar al agua mientras su padre dormitaba en la rueda. Jugaron un rato a la mancha acuática. Uno se tiraba y el otro lo buscaba hasta tocarlo, pero en el cuarto turno Julio nunca pudo encontrarlo.

Desde lo lejos el *Mulato* se veía inmutable a las emociones humanas, pero una vez que llego frente al barco pudo ver en el un dejo de tristeza, como si un barco pudiera sentirse culpable de los accidentes que suceden a su alrededor. No se atrevió a subir. Solo se quedo mirando absorto la sutil tristeza que le parecía emanaba ese barco. A eso de las siete, mientras el sol se ocultaba justo tras la Catedral sintió el motor del Ford detrás de él, los siete pasos de bronca y el golpe en la nuca.

—¿Quien coño crees que eres para irte así sin avisar?¿Crees que puedes abandonarnos así nomás?¿O acaso no sabes por lo que hemos pasado tu madre y yo? Mequetrefe del diablo ...

Las palabras de su padre resonaban en su cabeza más que nunca mientras se dirigía a la oficina postal. Este telegrama lo tomaría su padre del mismo modo que su paseo de 1986. Pero no tenía otra opción. No podía seguir viviendo para el confort de sus padres, ni en la memoria de su hermano muerto.

Debía empezar su propia búsqueda, antes de que fuera demasiado tarde. Tenía la esperanza, tal vez inútil, de que algún día su padre lo entendiera. Pero ahora no podía detenerse a pensar en eso, era hora entrar en el correo y mandar su telegrama. Había tres personas delante de él y al tocarle el turno el viejo Octavio le dijo con firmeza:

—Avanza, Julio.

Le pareció curioso mientras daba los tres pasos como esa frase tan cotidiana podía significarle tanto. Había estado trabado por veintiún años y este telegrama iba a liberarlo.

Tras tipear, el viejo Octavio, que lo conocía de pequeño le pregunto:

—¿Qué pasa Julio?¿Te vas de la curtiembre? Pero... ¿Adonde vas?

—Me voy al mar. Será solo por un tiempo, no te preocupes.

Julio se dio la media vuelta tras pagar los cuatro Euros. Se dirigió nuevamente a la Estación de Aljamía como hacia 21 años. De hecho era la primera vez que tomaba el tren a Málaga desde entonces. Faltaban nueve minutos para que viniera el convoy. Durante esos minutos no paro de mirar por entre las rejas temiendo que apareciera el Ford y escuchara nuevamente los pesados pasos de su padre. Claro que su padre conducía ahora un SEAT pero de todos modos temía que apareciera el Ford verde del 86.

El tren llego a horario y Julio por fin pudo empezar a planear su vida. Saldría al mar en el *Mulato*, fondearía más tarde en Torre Bermeja para pasar la noche. Al día siguiente, si el viento se lo permitía, llegaría hasta Marbella.

Se dio cuenta de algo: el cura le había mentido. Su hermano no estaba en el cielo, estaba en el mar. Pitu estaría con él en unas horas, pero no todavía. Todavía estaba en el tren rumbo a Málaga.

EL HOMBRE VERDE

Muchas veces siento que mi vida se parece un poco a la de David Banner. Que tipo tan triste. Que historia sin fin.

A pesar de esos finales penumbrosos, siempre me gustó algo de ese hombre que se ponía verde por la injusticia o la violencia innecesaria. Esa musiquita del final te partía el corazón. El tipo que se aleja bajo la lluvia, o la llovizna, que es mas triste y a la vez mas penetrante. El viento que le pega la campera contra el pecho y el bolsito siempre al hombro.

Nunca se sabía adonde iba, ni que buscaba en realidad. Parecía andar por andar, lo cual tiene más sentido que otros sinsentidos que parecen lógicos y necesarios para muchos.

La cuestión es que el tipo a veces se volvía loco cuando veía que algo estaba mal. Por ejemplo, el iba de vuelta de lo de un tipo que le había dado laburo y, como ya se hacía de noche, se mete en un bar a comer un par de huevos revueltos con un café para bajarlos.

En eso, mientras le sirve, la joven mesera de pelo castaño y rizado le sonríe sutilmente, como un gesto que combinaba cansancio con simpatía. Y el se lo toma a bien, porque ella no le sonríe con dobles intenciones. Esto era evidente para David, pero a decir verdad, a ella si le caía simpático el forastero de los huevos revueltos.

Cuando estaba ya por irse del bar, la mesera le ofrece una segunda taza de café, que en los bares americanos casi siempre es de cortesía. Después de servirla, la chica se retira con la sonrisa de antes, pero ya un poco mas cansada. Entonces aparece un gordo barbudo, que se aproxima desde el borde de la barra, mientras lo observan dos amigotes mas flaquitos pero igualmente imbéciles.

El gordo le corta el paso a la mesera, y algo le dice, no se que pero algo como *"¿Patti, cuando vamos a salir juntos preciosa?"* o *"¿Que es eso de andar sonriéndole a los idiotas que comen huevos, cuando debieras estar sirviéndome a mi, a Bill y a Ted?"*.

Ella le sonríe, ya sin ganas, pero no le dice nada e intenta esquivarlo. Desde la esquina, donde esta aún sentado, David observa todo mientras deja la taza sobre la mesa, presintiendo lo que va a pasar, que es siempre lo mismo.

Cuando la mesera pasa por al lado del gordo, este la agarra con fuerza del brazo y le dice algo mas sucio, que no se entiende bien, pero que a todos nos repugna. Ahí es cuando el cantinero le pide a los muchachos que no joroben y que se retiren dejándola en paz a Patti. Lindo nombre, le va bien a una mesera, pensó David.

El gordo entonces lo mira con ira, y sin soltar a la mesera, le ordena a sus amigotes que le den una lección al cantinero sobre *"porque no debes meterte con el gordo matón del pueblo"*.

Para esto, David ya se había levantado para intentar evitar una pelea y tratar de llegar a un acuerdo pacífico. Les dice una frase sinsentido como *"¿Cual es el problema muchachos?"*, y ellos se la toman a mal parece, (sobretodo el gordo que ya le tenía rabia por lo de la sonrisita) porque lo miran los tres con los ojos hinchados de odio, como si David los hubiera insultado o estuviera desafiándolos.

Entonces el gordo larga a la chica y los otros dos flacuchines dejan en paz al cantinero, porque ahora si tienen un motivo para ensañarse con el forastero de los huevos. David no da un paso atrás, pero sabe que quiere intentar evitar la pelea de algún modo. Va a decirles algo, pero el gordo lo empuja antes y el sale rodando hasta dar con la cabeza contra la pata de una mesa.

Entonces le caen los dos flaquitos y le empiezan a dar de patadas, que lo ves al tipo como sufre y se aguanta. Trata de aguantar porque sabe lo que viene, y no le gusta, pero ya no hay vuelta atrás. Finalmente el gordo lo agarra del pantalón y lo lleva arrastrando por el piso hasta el fondo del local. Mientras mira cada baldosa con detalle, los ojos se le van poniendo amarillos y la transformación comienza de un modo imperceptible para el gordo, que lo levanta del fundillo para luego revolearlo desde la puerta de servicio hacia los tachos de basura hediondos.

Cuando cae entre las bolsas apestosas, oye las risotadas del gordo y sus secuaces y ya no aguanta mas . Sabe que aunque no quiera, el hombre verde esta por volver. Era una sensación que no le gustaba, pero que tampoco podía evitar.

Comenzaban entonces a cambiarle los ojos de un modo mas pronunciado. Se le hinchaban los brazos y también veías como se le rompía toda la camisa. Siempre pensé: que presupuesto ser David Banner.

Nunca le duraba la ropa al pobre. Yo no sé porque no usaba ropa elastizada, equipos de gimnasia, no sé.

La cuestión que ya esta verde y grandote mientras se levanta entre las bolsas con olor a podrido y entonces encara hacia la puerta por la que lo había sacado el gordo unos minutos antes.

No golpea, ni se fija si esta abierta. De un manotazo la voltea y adentro se hace el silencio. Ni la música de fondo queda, como si hubiera un switch entre las bisagras de la puerta y la fonola.

Entonces tenés que ver la cara del gordo cuando el hombre verde enfila derecho hacia donde el esta parado. Los flaquitos que se quieren escapar, mientras el hombre verde los agarra a los dos con una sola mano. Lo ves al gordo intenta escapar, desesperado, pero el le tira con lo primero que tiene a mano, que son los dos flacuchines cara de nada.

Caen los tres revueltos, como los huevos que se había comido David, debajo del blanco de dardos, que casi siempre esta a un costado de la barra. Entonces con mas calma, pero con la ira intacta, los toma a los tres juntos-los dos flacos en un brazo y el gordo en otro- y los acuesta sobre un extremo de la barra, justo al lado del tubo de bronce que sirve para tirar el chopp. Los gira bruscamente para ponerlos boca arriba y podes ver la cara de pánico de los tres matones de barrio. Empieza a doblar el caño, como si fuera uno de esos de bronce finito, hasta dejarlos aprisionados como si les hubiera puesto un candado en el cuello.

Para esto la mesera, el cantinero y los cinco parroquianos que aun quedaban en el local, observan todo con asombro desde el otro extremo de la barra, donde se habían congregado en forma de espectadores de esta demostración de justicia. Cuando termina de doblar el caño, el hombre verde mira fugazmente hacia donde esta la chica, que tiene los ojos húmedos, y sin pensarlo dos veces se retira por donde había entrado David y no por donde lo habían sacado el gordo y sus amigos. Ella se queda callada, aun absorta por la emoción. Nunca nadie la había defendido de aquella forma.

En el camino al hotel o a la casa en la que le prestan un cuarto se vuelve David Banner otra vez y se le nota todo el cansancio de esa metamorfosis que odia de manera irremediable.

Durante la noche el sueño lo repara. Debe soñar que es un niño y que todavía no ha cometido el error que le jodería la vida. Ese experimento fallido debía salvar al mundo y no joderlo a él para siempre. Que mala pata.

Se despierta de buen ánimo y desayuna con un hambre voraz. Se prepara entonces para el escape porque sabe que tampoco podrá quedarse en ese pueblo. Los matones lo andarán buscando y de seguro no iban a dejarlo en paz, que en definitiva es lo único que David Banner quiere. Casi siempre se detiene a pensar en la chica, o como en este caso, espera unas horas para pasar a verla por el bar cuando ella entre a trabajar. Solo quería despedirse y agradecerle su buena atención. Claro que no había visto a ningún hombre verde, que curioso.

Entonces solo queda irse por la llovizna con la musiquita triste del piano que lo hace noble y desdichado a la vez. Camina con la cámara que se aleja y las letras que van para arriba hasta el próximo comercial.

BELLA DURMIENTE

Verte dormir es un alivio. Es como entrar en el sueño con vos y ver que todo se transforma en pájaros y verde.

Ver los ojitos tuyos que van y vienen, siguiendo ese mundo sub ocular que tiene mas que ver con la realidad que esta lapicera y el papel.

A veces, cuando te siento lejos, me gusta despertarme en la mitad de la noche (o de la mañana, que dura hasta la una para vos) y verte en paz, con tu mundo de aviones que se cargan de familia y tiempos pasados. Recibo entonces una dosis de esa paz por ósmosis, al verte tan pura e intransigente.

Entonces me dan ganas de escribir despacio, para no despertarte, para que no vuelvas a esta realidad de papel y lápiz, a este nueve a cinco, a lavar la ropa y darse el baño.

Te quiero así, bella durmiente. Con tus labios en piquito, tu pelo revuelto, tu pureza intacta.

No vuelvas todavía, ya me acuesto y te encuentro... en algún avión en el que subes a todos tus seres queridos.

EL OTRO PATIO

Zaino parte. Se va afuera. No sabe bien porque, pero sabe que tiene que irse. No porque no haya lugar para él o porque se sienta incómodo con los de adentro. La bocanada de aire le hace falta y se va afuera donde se puede respirar mejor, volver un poco a la antigua tradición solitaria.

Un bamboleo le sacude la cabeza. De pronto se da cuenta de que es el efecto de un recuerdo de otro patio, mas amplio, que llegaba desde su infancia.

Cuando sus padres lo llevaban a Torres, había un patio en el hotel que le encantaba. Tenía muchas plantas, casi todas bien regadas, siempre verdes y brillantes. Cuando llovía se paraba en las galerías, sin poder parar de admirarse con los globitos que forman el agua de los charcos con las gotas que caen desde lo alto para acaudalarlos. Rezongaba cuando su madre lo llamaba a darse el baño, y como no le quedaba otra, regresaba tras la cena para ver a los sapos en su cacería eterna de la medianoche.

De adentro lo llaman para hacer un brindis, pero el no quiere volver. Quiere quedarse entre los sapos y las gotas de hace tantos años. No sabe bien porque lo invade ese recuerdo y se da cuenta de que los recuerdos son la forma mas misteriosa que tiene la divinidad para atormentarnos o tenernos en gracia.

El segundo llamado lo devuelve a la realidad del brindis y, esta vez tiene que ir a pesar de su desgano. Cuando esta por entrar nuevamente al salón se da la vuelta para ver el otro patio, una vez más. Creía haber olvidado algo: su niñez.

LA MISION

~Dedicado a mi abuela Helvecia

Ay Ramón, si supieras lo que me cuesta dejarte, y a la casa con sus pajaritos que te comen el alimento del patio. Son solo dos años para mí, pero para vos son catorce, al menos eso dicen... y que lástima que me da que tenga que mandarte a Zárate, donde la abuela Helvecia, que es mandona, ya sabés. Pero es buenísima y te va a cuidar como nadie. Ella, lo sé, va a creer que esta cocinando para mí cuando te prepare el osobuco a la plancha (si osobuco con hueso, como en las buenas épocas). Y pueda que te sientas a gusto allá, ya que hay pasto y terreno en el fondo. Pero no, que va, vas a extrañarme por estos catorce años, que son solo dos para mí.

Pero sabés que no puedo llevarte, entonces te encomiendo una misión, como para que tenga más sentido el dejarte. Cuidamela a la abuela, que ya está grande, no es joda. Bancame en esta, que no es fácil para mi rajarme y dejarla tan sola, pobre abuela. Vos sabes como me alegra cuando me llama a la noche y me dice *"¿Por donde anduviste? ¡Ayer te estuve llamando hasta las doce de la noche!"*

Y bueno, esas cosas. Ojo, yo también voy a extrañar tus ladridos, verte correr por el parquecito de enfrente... que lindo que es verte correr Ramita. La verdad que no es fácil irse, pero la decisión ya esta tomada y el abogado ya me dice que falta poco para que salgan los papeles. Y allá veré si encuentro mi sueño o extraño tanto el soñar que prefiero la vuelta a la ida.

Que raro que es el tiempo, Ramón. Vos bien lo sabés, por las largas tardes de frío en la terraza y por los breves momentos de sueño sobre la colcha norteña. Se que no falta mucho y no quiero que te aflijas. Ya le pedí a la abuela que no te ponga correa y que te deje dormir adentro cuando haga frío el invierno que viene. Yo igual voy a venir a visitarlos cada tanto, no te prometo nada mejor.

Para vos también va a ser difícil el cambio de barrio, abandonar la cuadra y el parquecito, pero allá vas a estar tranquilo, lo sé pero bueno. Vas a tener que hacerte de abajo, como te hiciste acá hace dos años (catorce). Vas a estar solo, lo sé pero la abuela va a cuidarte mucho, como si fuera yo el que me quedo encomendado.

Ella me quiere, ya sabés y por propiedad transitiva, a vos también te va a querer... si sos tan bueno... medio pícaro a veces, pero bueno al fin.

Se que vas a extrañar la música, Ramón. La vibración del estudio, los graves que tanto te gustan. El jazz, el rock yanqui de la última década, *Jane's Addiction* por ejemplo, los ensayos y el paseo de después.

Hemos ganado muchas batallas, pero no la guerra Ramita, que siempre es la misma y que sigue apareciendo de tantas formas y en matices tan diversos que es difícil precisar bien la identidad y el papel del enemigo.

¿Te acordás? Las cucarachas, las babosas, el moho, la podredumbre del techo, la pintura vieja y ellas, que para vos fueron dos, pero para mí catorce.

Yo no sé si esta bien que te lo diga Ramón, pero cada acto tiene su consecuencia, y es por esto que el dejarte no me trae ese remordimiento adelantado por un futuro que aun no llega, pero que presiento con la fuerza de lo inevitable. Vas a estar bien Ramón. Eso te lo puedo asegurar.

EL CUMPLE

Lo recordaba como si fuera ayer, porque había sido ayer. Que desastre había dejado en lo del Sebastián.

La invitación había sido en forma de pequeña camiseta de fútbol que la mamá de Sebastián había meticulosamente cortado y pintado, una por una, con la dedicación que solo se le puede dar a un hijo. Pedro había recibido su pequeña camiseta de cartón con los colores de San Lorenzo, de acuerdo al acertado cuadro que le había proporcionado Sebastián a su mamá con los nombres y los equipos favoritos de cada uno de los de la clase.

Lo primero que le sorprendió fueron la fidelidad del trazo y la nitidez de los colores, que se veían tan vívidos como los de la propia tela de una camiseta oficial. Aunque el nunca hubiera visto una en persona así le parecía. El número diez no le gustaba, pero todas tenían el diez, que no solo era el numero favorito de todos sino que además representaba el numero de años transcurridos desde el nacimiento de Sebastián. Era adecuado, entendió.

La cita era a las cinco y la mamá de Pedro lo dejó puntualmente en la puerta de la casa de la calle Gaspar Campos. Le abrieron la puerta y tras un fugaz recibimiento, notó que era el primero en llegar. Inmediatamente le molestó el orden pulcro de esa casa y la cantidad de globos en la escena.

Sebastián ya estaba jugando con el auto a radiocontrol que le había regalado su padre esa misma mañana. Lo manejaba con destreza y lograba hacerlo pasar entre los muebles sin siquiera rozarlos. Las horas de práctica habían dado sus frutos. Sebastián ni siquiera levanto los ojos para saludar al primer invitado. Pedro solo pensó que, ya con sus diez y medio, no habían aún logrado convencer a su papa del auto a radiocontrol. Tal vez su abuelo se lo compraría al fin para los once.

Llegaron más compañeros y la fiesta se fue poniendo mas tolerable para Pedro. A eso de las seis llegó la animadora que les paso las clásicas películas del Pato Donald y al final esa de Herbie —el auto alemán— que nunca faltaba en los cumpleaños con proyector. También hizo unos malabares básico y un par de trucos de magia, que resultaban muy fáciles de descubrir. Pedro nunca había tenido una animadora en alguna de sus fiestas, pero esto no se lo envidiaba a Sebastián.

Todo resultaba perfecto, al menos en apariencia, y esto inevitablemente irritaba de manera considerable a Pedro. Los bocaditos con su configuración precisa sobre la mesa, el mantel pulcro y sin arrugas, la variedad de las gaseosas. *Fanta*, Tónica y hasta *Canada Dry* tenían. Su papá una vez le había contado sobre la *Canada Dry* que tomaba cada vez que viajaba en avión, pero Pedro nunca la había probado. Igual prefirió la *Fanta* naranja que era una de sus gaseosas favoritas, cuando la ofrecían en los cumpleaños.

Para peor hubo un partido en el jardín de la casa como a las siete, tras la partida de la animadora, y a Pedro lo pusieron al arco. No era mal jugador, pero de seguro no podía dominarla con la precisión de Sebastián, que ese día estaba especialmente iluminado. En los quince minutos que duró el partido le metió cinco goles y uno fue de cañito. Al finalizar el cotejo, los llamaron a todos para adentro. Tomaron mas gaseosa para saciar la sed del partido, mientras por detrás se ultimaban los detalles para la culminación de esta celebración de una década de existencia de Sebastián, goleador y cumpleañero.

Siete y media era la hora fijada para el corte de la torta. Ya Pedro no veía la hora de que su mamá lo pasara a buscar para irse por fin a su casa con el desorden que lo apaciguaría al fin. Mientras pensaba en esto las luces se apagaron.

Entonces vio la oportunidad viniendo por el pasillo. Pedro estaba sentado en una silla al lado del baño, justo donde terminaba el pasillo por el que venía la torta con un numero diez encendido. Podía verla claramente con los colores de Boca y el nombre Sebastián iluminado por las dos velas.

No dudó un instante. Le dio lástima por la madre de Sebastián que era buena y atenta con él, pero igual puso el pie. El diez voló por los aires y la mamá supo poner las manos para no darse un golpe mayor soltando el bizcochuelo que voló dos metros hasta aterrizar en medio del living. Por el piso y en plena oscuridad los dos perros se comían el menjunje de bizcochuelo y crema *chantilly* que habían sido la torta de cumpleaños de Sebastián. El accidente nunca pudo esclarecerse. La mamá dijo que se había tropezado, no sabía como, pero Pedro sabía que no había sido un accidente.

Mientras volvía con su madre para Olivos a ella se le ocurrió preguntar:

—¿Y como estuvo la torta?

—Riquísima. Tenía mucha crema—contestó Pedro.

En su mano sostenía la camiseta en miniatura que la pobre madre de Sebastián le había dibujado con tanto esmero. El supuesto accidente de ese día es un secreto que se pensaba llevar a la tumba, o al menos, al secundario cuando ya se lo contaría a su primer novia.

BAJAN

La noche que mataron a Robbie, Alana dormía en su estudio de la calle Pacheco de Melo. Mientras el irlandés daba sus últimos espasmos, su exnovia se despertó con una curiosa sensación de alivio.

Los quince mil kilómetros, los doce años y el hijo que no tuvo no fueron lo que la había aliviado. Sin saberlo, Alana se sacaba de encima el peso de tener que pensar en Robbie.

Se habían conocido en las alturas, como le gustaba decir a Robbie. En un *crack house* en las afueras de *Jersey City*. En aquella época Alana decía estudiar arte y Robbie no hacía mas que meterse *crystal meth*. Tal vez por el hecho de haberse conocido en las alturas es que solo allí arriba se llevaran tan bien. Todo lo que Robbie hacía o decía le parecía gracioso y acertado. Inteligente, cuestionador, único. Robbie pensaba entonces que Alana era la mujer mas bonita del universo.

Los problemas comenzaron un tiempo después, en el valle. Robbie no era el mismo abajo. Se transformaba en un ser iracundo y violento. Andaba siempre buscando pleitos y llegaba a la casa siempre después de las cuatro. Alana se adaptó transformándose en un ser apático y sin voluntad. Era una adicta de tiempo completo.

Las clases de NYU fueron abandonadas por completo. Sus únicas materias eran el crack, la coca, el crystal y algunas drogas de diseño. Su familia nunca lo supo, pero los pinchazos marcados en su cuerpo no habían sido producto de los tratamientos para combatir su anemia crónica.

Robbie tomo entonces la determinación de que, para poder consumir más, debía dejar su apartamento en el *Bronx* y mudarse con Alana al *East Village*. Ella lo aceptó como se aceptan esos tristes designios de la fatalidad.

Durante esa primera época de la convivencia, ambos se encontraban solamente dentro de las nubes. Los depósitos del padre de Alana les bastaban para poder consumir y Robbie ni siquiera se preocupaba por buscar algún trabajo. Era mejor esconderse en su música y sus vicios. Salía hasta tarde y al volver la encontraba siempre durmiendo. Muchas noches

Alana se despertaba sintiéndose ahogada. En mas de una ocasión en verdad pensó que Robbie la estaba acogotando.

La etapa de las nubes no pudo durar mucho. Una fría mañana de Febrero la puerta los despertó a eso de las diez. Era el padre de Alana que había viajado por negocios y se presentó en el departamento preocupado por el largo tiempo que había transcurrido desde la última vez que su hija les hablaba.

Al entrar lo vio todo en un instante. Las jeringas, las cucharas, la goma. La misma parafernalia de las películas en la sala de su hija única. Curiosamente no se sintió idiota o abusado. Mas bien se sintió indefenso y muerto de miedo. Desde la cama Robbie y Alana solo se quedaron observándolo con la indiferencia de los adictos.

Cayeron desde las alturas dos días mas tarde, mientras ambos aviones subían y ellos, irónicamente bajaban por primera vez en meses a la tierra.

Robbie no supo que hacer de vuelta en Dublín. Se dedicó a seguir buscando peleas, a vender coca y a consumir para no pensar. Alana se fue internada a una granja para adictos en el conurbano bonaerense.

Mientras se recuperaba, descubrió lo mucho que le gustaba la horticultura. Cultivar era lo único que le hacía olvidar a Robbie. Mientras se mantenía ocupada no pensaba en el triste destino de ese muchacho conflictuado al que de algún extraño modo había llegado a amar. Cuando si pensaba en el, lo imaginaba solo en Irlanda y le preocupaba su situación como si fuera su propio hijo.

La noche que mataron a Robbie, Alana se había acostado temprano para poder levantarse al día siguiente bien temprano a cosechar verduras. Robbie entró en el bar sabiendo que estaba cansado de esa vida sin sentido que llevaba desde hacía mas tiempo del que podía recordar. Nunca le había gustado la idea matarse. Prefería buscar peleas.

Cuando la botella se le incrustó en el cuello, Alana pudo por fin descansar.

LA VOZ DE LAS FUERZAS ARMADAS

Paco sería el General, David el Subcomandante y yo el soldado. Del otro lado del río nos esperaba el enemigo y había que cruzar antes del atardecer, es decir, antes de que fuera demasiado tarde.

Al Subcomandante David se le ocurrió que lo mejor sería cruzar por las piedras que estaban a la altura de la casa *Gomhorn*. El General estuvo de acuerdo y yo simplemente asentí con un un "S*i, mi General*" bien actuado, cuando me fue comunicada la decisión del cruce.

Aunque solo ellos habían participado en la formulación del plan, yo estaba al tanto de la importancia de la operación, y como ya otras veces yo había sido General o Subcomandante, sabía que se habla todo en voz alta para que el soldado se entere y de esta forma participe, aunque sea de una manera pasiva, en el planeamiento de la misión en curso.

Caminamos por el sendero que acompañaba al curso del río hasta llegar a las piedras que están antes de la curva, justo frente a la casa *Gomhorn*. Allí me ordenaron trepar hasta la roca mas alta para evaluar el terreno y distinguir posibles riesgos de ataque del enemigo. Tras una dificultosa escalada me parapeté en la roca mas alta, y desde allí, hice una minuciosa observación del terreno. El río se veía lindo desde lo alto, con esos brillos de las seis de la tarde, que le dan a uno ganas de quedarse allí eternamente, o al menos hasta que el sol caiga. Pero las directivas habían sido claras: observar y reportar a los superiores las condiciones para el cruce. Luego de un prudente minuto de observación, hice el *chiflido del pato* con el que precedíamos todas nuestras locuciones a la distancia.

No había nada, se podía avanzar. El enemigo no estaba a la vista y la costa de enfrente parecía tranquila. Enseguida el General me ordenó bajar para comenzar a preparar el arriesgado cruce. Al río lo conocíamos de memoria, pero se simulaba un desconocimiento que le agregaba emoción e incertidumbre a la misión elegida por el alto mando.

Una vez más se vociferaba como repaso el plan de cruce. Yo iría tanteando las rocas con el fusil al hombro y los superiores cruzarían detrás mío, primero el General y luego el Subcomandante, que de paso cuidaría la retaguardia, porque esta vez había fallado el gordo al que casi siempre le tocaba ser soldado.

Cuando pisé la última piedra seca supe que algo andaría mal. La corriente se percibía demasiado fuerte y miré para atrás para ver si veía en el General alguna mueca que indicara que el plan podría abortarse a falta de condiciones favorables. Paco se mostró inflexible, como de costumbre y dio la orden de avanzar. Como buen soldado avancé. Metí la pierna izquierda en el agua hasta la rodilla, cargando al hombro mi fusil de madera y la mochila ya gastada de tantas guerras.

Paco y David siguieron mis pasos lo mas cerca que podían. Íbamos avanzando en forma cautelosa ya que las piedras del fondo se sentían bien resbaladizas y el río parecía estar mas crecido que lo normal. No hicimos comentarios, ya que se suponía que nunca habíamos cruzado por allí. Por eso la observación. Por eso la incertidumbre simulada y el temor real de este cruce.

Al llegar a la mitad del río, el agua me llegaba casi al pecho, y a Paco a los hombros. El era el mas bajo de los tres. Pienso ahora que entonces, ya sin muchas opciones, se habrá arrepentido de haber dado la orden del cruce. Sin duda yo hubiera cancelado la misión si hubiera estado al mando, pero ese día le había tocado a Paco ser General.

Fue cuestión de instantes. Resbaló con alguna piedra floja o con el verdín de las piedras grandes, que los tres ya conocíamos. El agua lo revolcó entre las piedras y lo vimos irse sin saber que hacer. David me observaba con su mirada de siempre, dejando la mascara de Subcomandante a un lado. Yo seguía siendo el soldado, así que le tire mi mochila y el fusil, y me lancé a nadar río abajo.

Nadé lo mas rápido que pude, esquivando las rocas grandes. Mientras hundía la cabeza, abría bien los ojos para ver si encontraba a Paco atrapado por algún remanso. Después de dos minutos de nado en la corriente pensé que ya había bajado lo suficiente. Paco habría ya llegado con la corriente a alguna parte. Tenía que ser así.

Me arrimé a un tronco de la costa de enfrente, ya que la corriente me había tirado mas cerca de ese lado, y empecé a volver caminando por esa orilla río arriba hacia donde había quedado David. Caminé como diez minutos entre la maleza que casi no me dejaba avanzar. De ese lado todo era más difícil, ya que estaba el enemigo agazapado. En cada hueco de vegetación miraba hacia el río turbulento con la esperanza de ver a mi General abrazado a alguna rama. Pero la esperanza se iba diluyendo a cada paso que avanzaba sobre territorio enemigo.

Cuando llegué frene a la casa *Gomhorn*, me paré sobre un árbol caído y lo vi a David todo mojado sobre la otra orilla. Con los pies todavía en el agua, me gritó con desesperación para saber sobre Paco. Con un gesto lo supo todo. La misión estaba a su cargo y yo la había ya cumplido.

A Paco no volvimos a verlo.

RED ROCKS

Esa noche había llegado cansado, pero al menos había algo de comer y veía el especial de Dave Matthews en la tele. A el le gustaba mucho ver conciertos de Dave Matthews, por las canciones que siempre lo emocionaban un poco, pero sobre todo por verlo al baterista con esa paz que emanan algunos negros al tocar.

No sabía lo que le esperaba, pero estaba ya relajado sobre el sofá tras las ricas milanesas que le había cocinado Gloria. Hacía ya dos años que vivían juntos y tres que salían. Podía decir, sin la mas mínima intención de exagerar, que era un hombre medianamente feliz. Tenía su trabajo, su auto casi nuevo, la ropa que le gustaba usar y una mujer que era una dulzura. ¿Que más? Ah si, la música, los conciertos y los especiales de HBO.

Esa noche era el turno de Dave Matthews y ese concierto tan famoso de Red Rocks. Lo increíble es que nunca lo había visto y ella tampoco, según le había dicho. Desde el inicio había improvisación, cambios de ritmo, sonidos únicos y versiones mejoradas que se hacían mas únicas en el marco natural en el que eran interpretadas por la banda.

Iba ya por la mitad, cuando ocurrió lo inesperado. Gloria había visto a Dave Matthews Band en vivo muchos veces (tal vez más que el), pero se la veía curiosamente bien contenta de poder al fin ver este concierto tan recordado por las fans de la banda. Todos decían en los foros en línea que este era probablemente una de las mejores interpretaciones del conjunto desde sus inicios.

Ya habían tocado *"Rhyme & Reason"*, que era su favorita, cuando Gloria se levantó por un minuto para preparar un café cubano que a el tanto le gustaba. Entonces, justo cuando empezaban a tocar la intro de *"#36"*, las cámaras enfocan al publico y el pudo ver claramente lo que nunca había imaginado, ni quería ver. Allí mismo, delante de sus ojos, un colorado estaba abrazando a Gloria. Se la veía claramente a ella, con ocho años menos pero igual de linda. Se la notaba feliz, sin saber que las cámaras le apuntaban mientras el pelirrojo la abrazaba.

La toma duró un instante y en ese instante por su cabeza pasaron mil cosas. Pasaron los tres años de vida en pareja. Pasó el momento en que le propuso que se mudara con él. Pasaron las pocas peleas y la noche que ella se fue y volvió a las cinco borracha. Pasaron las charlas sobre los hijos y el aborto. También los cientos de horas que habían pasado besándose, las miles de veces que el sexo los mantuvo mas unidos de lo que ambos se sentían y las simulaciones que el amor le tiende a la pareja. Todo eso pasó en un instante, en ese flash que duró menos que el abrazo del pelirrojo.

Lo que le resultaba increíble es que Gloria hubiese visto ese mismo recital en persona. Ella había estado en Red Rocks, la noche en que Dave Matthews y su banda hicieron historia sobre ese escenario ubicado entre dos piedras enormes. ¿Pero porque ocultarle que había estado allí? ¿Para que simular ese entusiasmo por verlo? ¿Y porque inventar que *"le habían dicho"* que había estado increíble? Ella había estado en el Red Rocks hacía ocho años, junto al pelirrojo ese.

Estaba aún en pleno shock cuando Gloria volvió al living con las dos tazas de café. Que rico le salía, la verdad es que Gloria era una mujer increíble. Esto no lo dudaba. ¿Pero para que le había mentido en una pavada tan grande?

De seguro no había visto ese video, o lo había visto con el pelirrojo o con otro, levantándose al baño o a preparar el café de mitad de concierto para otro, justo en el preciso instante en el que la cámara inmortalizaba la felicidad de un rato en el abrazo de la rubia y el pelirrojo, que al que editó la cinta le habría parecido *cute*.

Cuando ella se sentó a su derecha, de inmediato se dio cuenta de que algo le pasaba. Entonces le preguntó.

—No, nada. Es este batero, como toca Carter... no se puede creer.

Era cierto, no se podía creer. ¿Para que le había ocultado semejante nimiedad, si ella en verdad había estado presente en el mítico Red Rocks?¿Hacía cuanto se había peleado con ese pelirrojo? Nunca le había mencionado a sus ex-novios y mucho menos el color de sus pelos. El sabía que su primer novio se había llamado *Darin*, por una carta que le había encontrado entre las cosas de la mudanza. Del lado de atrás se leía: *Darin 1996*.

El calculó que ella tendría dieciocho por ese entonces. En esa época el ya escuchaba a Dave Matthews y se ve que ella también. El tenía veintiuno y vivía en Tampa. Ella era de Massachusetts y tenía

un novio que se llamaba *Darin*, con el que evidente-
mente había viajado a Colorado. Todo lo sabía por la
carta que nunca leyó completa y por esta filmación
del Red Rocks que estaban transmitiendo en el especial.

Era así. Que concierto increíble y como había
tocado Carter, de primera como siempre. Ella le creyó
que estaba absorto por la musicalidad de la DMB y,
en especial de su baterista, que en verdad era increíble. El resto del concierto, el no pudo siquiera entender una sola de las canciones. Su cabeza se había pa-
ralizado en esa imagen del principio de *#36*.

No tenía, en verdad, nada que reprocharle,
mas allá de la actuación y la mentira innecesaria. Pero ella podría escudarse en que lo había hecho para
no hacerlo sufrir, no quitarle la ilusión de ver ese
concierto juntos por primera vez, o algo así. Entonces
el la hubiera entendido o, tal vez la hubiera mandado
al diablo, que era lo que bien se merecía, diciéndole
que el ya no era un niño, que mas lo hacía sufrir con
sus mentiras y que la verdad nunca dolía.

Se equivocaba. La verdad si duele, siempre
duele la verdad. Gloria había estado enamorada de
Darin, que habría sido sin duda su *soul mate*, su media naranja, pero había muerto en ese horrible acci-

dente o se había alistado en el ejército y no había vuelto a verlo. Pero ella, de esto estaba seguro, debía estar perdidamente enamorada del colorado. Sobre todo esto cavilaba entre los pausados sorbos del café que Gloria le había preparado con tanto cariño.

Para cuando regresaron a hacer el bis, la banda comenzó a interpretar el clásico *"All Along The Watchtower"*, que a ella sin duda, le haría acordar aún mas al pelirrojo. Terminó el concierto con la energía a tope, la gente enloquecida. A continuación iban a dar una película vieja de *Van Damme,* que mierda.

Se fueron a dormir porque al día siguiente habría que trabajar. Estaban acostados ya en la cama. No hicieron el amor, ni siquiera lo intentaron. El ya no aguantaba más la pregunta. Quería saber, no porque le había ocultado algo tan trivial, ni si había estado enamorada o si en verdad había muerto. Ya no le importaba nada de eso.

Entonces le tiró la pregunta en la inmensa oscuridad del cuarto de ambos:

—Gloria... tu ex-novio, ese Darin. ¿Era pelirrojo?

—No, mi amor. ¿De donde sacas esas preguntas?

—No sé, una ocurrencia que tuve. Me pareció... nada.

Nunca supo si esta vez le había dicho la verdad o no. La realidad es que ya no era lo mismo. La *verdad* ya no significaba nada para el. Ya no podía confiar: estaba infectado.

Estuvieron juntos dos años mas. Y basta. Dave Matthews ya había desarmado su banda y se dedicaba a grabar su primer álbum como solista.

110°–135°–N°

Era su segundo día sobre el agua. En la tierra había dejado todo. Su mujer, los treinta y cinco años y el sueño de una vida mejor.

Pero allí estaba, a una doscientas millas de la costa, cerca de la isla *Fernando de Noronha*, y aunque no sabía precisamente en donde se encontraba, creía que algún designio tendría que ayudarlo en su búsqueda.

Mientras cabalgaba las olas formadas por los alisios del noreste, pensó en su mujer que tanto lo había querido, pensó en su último llanto y en su ausencia irremediable para la despedida. Hacía solo dos días que no la veía, pero a él le parecía ya una eternidad. Sería que su viaje llevaba siglos, de días enteros cabalgando sobre las olas de los alisios. Sin embargo en algún punto se dio cuenta, tal vez debido al extremo cansancio físico que le aquejaba, de que en realidad su barco, el noble *Ventisqueiro*, sí había zarpado hacía dos días, pero su cabeza hacía casi cuarenta años que navegaba en este sueño.

Desde los cuentos de bucaneros de *Salgari*, desde las experiencias compiladas en forma de libro por los grandes navegantes solitarios, por las tantas noches mirando el mar, solo.

No tenía rumbo fijo, solo sabía que debía adentrarse en el mar, sin más entrometerse en la soledad del océano. No sabía porque pero sentía que el mar lo estaba llamando desde hacía cuarenta años al menos. Mientras cavilaba acerca de este llamado incesante, se dio cuenta de que nunca se había atrevido a partir, nunca hasta recibir la triste noticia de la enfermedad. Cuando su médico lo enfrentó con su realidad de enfermo con posibilidades, lo único en lo que pudo pensar fue en que su única y desesperante posibilidad era la de zarpar al día siguiente.

El Ventisqueiro por suerte estaba listo, como siempre esperándolo, y del consultorio se fue a verlo. Lo charlaron un rato y ahí nomás se decidieron: partirían al día siguiente, antes del amanecer.

Su mujer, como tantas otras veces, no quiso escucharlo y en realidad no le creyó hasta que no vio, a eso de las nueve de la noche, los bolsos ya hechos. Entonces comenzó con el griterío inútil de siempre, con que él no podía hacer lo que se le daba la gana porque ella era su mujer y eso contaba para todas las decisiones que él quisiera tomar. Simplemente decidió no contestarle y se limitó a proseguir con el rejunte de trastos a llevar para el viaje. Ella enfurecida se encerró a llorar en el baño, y a él, que cada lágrima le dolía como una daga, se le ocurrió que lo mejor sería irse sin hacer mas despedidas. Los últimos treinta y cinco años había sido ya una despedida suficientemente larga.

Tomó por la callecita de siempre, con dos bolsos en los hombros y una caja grande en la mano, de la cual sobresalían el sol de noche, las galletas y el sextante. Sabía que en el puerto estaba esperándolo con una paciencia de años el fiel *Ventisqueiro*, así que no tuvo apuro y disfrutó del camino, a pesar de la carga.

Cuando llegó serían las once y al sentir la brisa fresca de la noche, decidió que lo mejor sería acomodar todo y partir de madrugada. De esa forma se ahorraría de hacer el engorroso despacho, con todas las preguntas de siempre y la mirada entre envidiosa y descreída de los oficiales de guardia. Al mismo tiempo pensó que no hubiera sabido que contestar cuando le preguntaran acerca de su destino. Tal vez lo mejor era partir, porque solo el destino podría contestarse a si mismo esa pregunta a lo largo de la navegación que le aguardaba.

Dos horas mas tarde, la suave brisa del noreste inflaba las velas del *Ventisqueiro*, que no podía creerlo. Al fin habían zarpado. Puso rumbo ciento diez. Siempre le había gustado ese rumbo y muchas tardes, mientras disfrutaba navegando por la bahía se ponía a elegir sus rumbos favoritos, que eran, en orden de preferencia: ciento diez, ciento treinta y cinco y rumbo norte. Así que no lo dudó, y tras la partida, la caña oriento la proa sola hacia su rumbo numero uno. En las horas que siguieron ya había hecho varios cálculos, entre ellos que podrían seguir con ese rumbo por muchos días, al menos veinte o veintidós antes de llegar a la costa africana, a la altura de Angola o Namibia. Pero en el fondo él no creía que iba a llegar tan lejos, de hecho no tenía ni cartas ni conocimiento de esa zona tan lejana de su ciudad natal. Hacia donde estaba yendo, no lo sabía, pero hacia algo se encaminaba y de eso estaba seguro.

Pensó en el porque de este viaje y solo pudo encontrar un motivo: el hijo que no había tenido. Cada noche desde hacía cuarenta años se dedicaba a llorarlo en silencio, y era a él al que le dedicaba los sagrados rituales de la soledad del hombre grande. Cada noche, al mirar hacia el océano, le prometía (se prometía) que iría a buscarlo hasta donde fuera, hasta el medio del mar si era preciso. Y así fue que con el diagnóstico le llegó la certeza de que no le quedaba otra que cumplir con lo prometido.

Ya se sabía la cuenta de memoria. Desde el quince de Septiembre del año cincuenta y nueve había pasado mucho tiempo, tanto tiempo que hubiera sido más fácil seguir en forma de cuenta regresiva, porque algún final ya estaba cerca y él lo sabía de sobra. No sabía exactamente cual iba a ser ese final, pero lo presentía cercano y esto lo inquietaba aún más en la serenidad del océano.

Varias veces a lo largo de esos dos días se cuestionó lo que estaba haciendo y por momentos creyó que era bastante absurdo y que debería volver. ¿Pero adonde volver después de tantos años de llanto en silencio? Su mujer ya lo había superado y aunque le fue difícil aceptar, su condición infértil, pudo adaptarse mal o bien a la resignación de vivir sin el hijo que pudieron tener a los veinte y nunca más.

El en cambio se sentía sin revancha, sin consuelo desde hacía tantos años. No era sencillo de explicar, pero desde el año cincuenta y nueve, él se sentía cada vez mas en deuda con el mundo, que avanzaba o retrocedía por épocas sin hacerlo partícipe de ese avance o ese retroceso. En varias ocasiones ya lo había pensado: no le debía nada a nadie, excepto a su hijo que no existía mas allá de su propia mente.

Al amanecer del segundo día pudo divisar el contorno de la isla *Fernando de Noroña*. Calculó que estaría a unas quince millas pero ni pensó en acercarse, a pesar de que era un viaje que tenía pendiente, esta vez consigo mismo. Se quedó absorto ante la infinidad de colores que se desprendían de los acantilados y piedras de Noronha.

Ese hechizo de la luz del sol que asoma le duró por varios minutos, hasta que divisó a lo lejos, apenas a estribor de su proa, un brillo llamativo por su nitidez e intrigante por su ubicación lejana de toda base firme. Pensó que tal vez seria un espejismo del agua e intento volver con su vista hacia la isla, pero no pudo porque el brillo era mas fuerte y se dio cuenta en ese instante de que en ese brillo estaba el porque de su repentino viaje. Lo supo instantáneamente, como siempre había sabido las cosas importantes desde el quince de Septiembre del año cincuenta y nueve. Como supo que era el fin cuando lo llamaron del asilo del viejo hacía seis años. Como el triste presentimiento de haberse casado por no tener otro remedio entre porciones de torta de su casamiento. Como supo hacía dos días que partir era la única forma de salvarse entre tantos estudios y diagnósticos cruzados. Siempre había notado que algunas cosas nos son dadas a ver un tiempo antes de que nos lleguen en forma de llamados, porciones o diagnósticos.

Ese brillo en el agua, que lo llamaba de un modo inexorable, era el fin de la historia. Era el circulo que se cerraba de una vez por todas. Era el porque a tantos no se que se venían sucediendo desde hacía tantos años. Siete mil días tuvieron que pasar para que él se topase con ese brillo enigmático en medio del Atlántico. Decidió desviarse, apuntando la proa del *Ventisqueiro* justo hacia el brillo que ya no se veía tan claramente. Tuvo miedo, real miedo de perderlo de vista , así que anotó el nuevo rumbo con una fibra sobre la carta que llevaba sobre cubierta. Ciento treinta y cinco.

Como era de esperar, el brillo desapareció dos minutos mas tarde del horizonte y no podía distinguir nada notorio en la proa del *Ventisqueiro*. El sol ya estaba subiendo con rapidez, y la tenue luz del amanecer ya se transformaba en resolana que quema la piel del navegante ecuatorial. Decidió cubrirse a la

sombra de la vela mayor, ya que sabia que el sol podía ser su peor enemigo en estas bajas latitudes.
Aminoro la marcha arriando el foque y se dispuso a
observar con atención hacia adelante pues sabia que
algo estaba aguardándolo en el agua a pocas millas.
Sabía que no iba a torcer su rumbo hasta no dar con
el origen de ese brillo que él ya imaginaba como descanso y paz de su corazón.

Estuvo más de dos horas navegando en línea
recta, con la vista fija en la proa, sin darle descanso a
su obsesión por el brillo. Tras dos horas de timón en
mano, decidió soltar la escota de la mayor la mayor
con empujaba al *Ventisqueiro* en forma serena para
aminorar la marcha. No quería darse por vencido y
calculó, por intuición tal vez, de que debía estar cerca. El brillo, apagado hacía dos horas, tenía que ser
real porque estaba muy seguro de haber visto algo,
aunque en las ultimas millas recorridas desde las cinco y veinte de la mañana nada había aparecido en su
proa. Pero debía estar cerca, tenía que estarlo. Tan
seguro estaba que decidió bajar la mayor por completo quedando al garete para poder trepar al palo como
lo hacía habitualmente veinte años antes. Con sus úl-
timas fuerzas se fue tomando de las cornamusas, las

drizas y los pequeños herrajes del palo para llegar, no sin gran cansancio hasta la primer cruceta.

Desde allí se puso a observar el vasto horizonte que parecía mas amplio desde la altura. Por suerte el mar estaba bastante tranquilo, ya que la suave brisa no llegaba siquiera a crisparlo un poco. De todas maneras el rolido a cinco metros sobre el agua se torna importante aun en una bañera en calma. Desde allí arriba observo en todas las direcciones sin poder divisar objeto alguno. Solo agua, agua y la isla Fernando de Noronha, justo al norte. Tal vez habría sido el reflejo de alguna de las olas altas o una ballena dormida recibiendo los primeros rayos de sol sobre su lomo, pero no podía ser.

Estaba con la mirada perdida en el horizonte sobre la proa cuando se dió cuenta de como era el juego que venía jugando sin darse cuenta desde su partida. Giró entonces su cabeza ciento treinta y cinco grados hacia su izquierda, en dirección a la isla y vio con claridad la pequeña canoa naranja, que estaría según sus cálculos, a una media milla de su popa. Bajo apresuradamente, como pudo, con los últimos restos de fuerza que le quedaban en sus brazos y piernas castigados por los años. Prendió el *Yanmar* que casi nunca le fallaba y como era de esperar en esta tampoco le falló. Puso el Ventisqueiro rumbo al norte, que era el cero del compás magnético de a bordo, el motor a dos mil vueltas y la mirada atenta en la proa.

Diez minutos mas tarde estaba junto a la canoa. Se aproximó con precaución. Eran las ocho y cinco. Bajo a la canoa que parecía estar vacía y pudo atarla a la cornamusa de popa con la boza de soga acrílica que tenia amarrada, probablemente desde hacía años en la proa. Al subir sintió un inmundo olor a pescado que lo impregnaba todo y pensó que tal vez se habría soltado de algún puerto pesquero de la costa o de la isla que estaba tan cerca. El olor, sin duda provenía de las lonas que estaban sobre la popa, acostumbradas a estar entre corvinas y *barracus*. Mientras pensaba en esto, escuchó no sin asombro, que de entre esas lonas casi podridas de olor rancio, surgía un leve quejido que casi no parecía real pero era... sí, el quejido de un hombre bajo esos harapos que lo cubrían del frío de la noche ya pasada.

Con desesperación y miedo levantó las lonas encontrándose con el cuerpecito, ya demacrado por los días de alta mar, de un muchacho joven. Por suerte enseguida lo vio entornar los ojos y sonreír aliviado ante su presencia increíble y salvadora en medio del océano. Esa presencia, ese encuentro, era en realidad el destino para ese hombre joven que venía a rescatarlo desde su diagnóstico con posibilidades y su mujer llorando en el baño. Con extremo cuidado ayudo al joven a incorporarse y lo subió a cubierta. Le dio mucha agua fresca ya que lo notaba débil y deshidratado. Lo llevó hacia adentro para que se recostara en una de las cuchetas (su favorita) y luego apagó el motor para que el muchacho estuviera mas tranquilo y pudiera descansar de su agotador raid en el océano. Subió el foque y lentamente puso proa a la isla. Se sintió contento, realmente contento por primera vez en mucho tiempo.

No habían cruzado una palabra, ni si quiera sabía si hablaba portugués, pero él sintió que por fin había cumplido la promesa. Por fin había rescatado a su hijo del medio del océano.

TAN TEMPRANO

Como todos los martes, miércoles y viernes a las cinco, me había levantado de un pesado pero nunca suficiente sueño. Bajé sin desayunar e inmediatamente noté que la calle estaba distinta, como si otro aire le pegara. Aun no era de día, pero podía sentir que todo estaba cambiado y sin embargo igual.

Mi maldito ómnibus parecía que otra vez no iba a venir, así que decidí caminar hasta una avenida paralela para que otra línea me llevara. Llegaría inevitablemente tarde. Otra vez.

Quizá ya estarían explicando cuando llegase, pero eso ya no me importaba con el sueño que traía. Al llegar a la Universidad ya nada era normal. La facultad se encontraba inexplicablemente desierta, aunque ya eran las siete y veinte. Mi error otra vez, pensé. Debía tratarse de otro de los sistemáticos paros docentes. Su infructuoso reclamo otra vez se me había olvidado.

Ya me regresaba para seguir durmiendo durante el viaje de vuelta cuando decidí reconocer la desierta facultad. Parecía otra sin gente, sin números, sin murmullo, sin política, sin siquiera parecerse al enjambre humano que me embarulla todos los martes, miércoles y viernes. Al pensar sobre esto, me di cuenta: era sábado.

Esta increíble equivocación me hizo retornar a mi hogar mas que fastidiado conmigo mismo, maldiciendo la perversidad de los objetos inanimados. El sábado ya no sería igual porque aún así seguiría siendo un sábado raro. Quizá lo sería porque Lili vendría a dormir hoy o por que mis padres no estaban en casa (o por ambas). Murmurándome rezongos llegué a mi barrio con un ómnibus que habitualmente no tomaba, pero que me acercó mas que el que siempre tomaba para ir a clases. No sabía porque había cambiado el recorrido ni porque había decidido tomar ese ómnibus en el camino de regreso. Era verde y el numero de la línea me era desconocido.

Al entrar al hall de mi edificio, noté que las puertas del ascensor eran otras. Las debían haber cambiado durante la noche y en forma muy silenciosa pues no había visto alterado mi sueño en lo mas mínimo. Cuando se abrieron comprobé que lo que habían cambiado era el ascensor entero. Esto no me agrado demasiado pues, aunque significaba viajes mas veloces hacia arriba y hacia abajo, también significaba expensas mas caras, o sea, recortes en la casa. Menos aún me gusto ver nuestra puerta pintada de azul, al igual que las otras nueve puertas de mi pasillo.

Ya entonces ofuscado entre a mi casa. Un instante después una pequeña sonrisa se dibujo en mi cara al imaginar a mi padre tornándose besuño y refunfuñando por los cambios originados durante el viernes por la madrugada.

Me serví un poco de café, que estaba semi caliente, en una de las tazas nuevas que mi madre siempre compraba. La tibieza del café me estaba indicando el inesperado regreso de mis padres. Seguramente me estaban esperando preocupados o enojados por mi repentina ausencia sin aviso. En puntas de pie me encamine hacia mi pieza y al pasar por el cuarto de mis padres, mi cabeza giro instintivamente para corroborar mi hipótesis planteada por la tibieza del café.

Mi padre no estaba. Ese bulto bajo la manta no podían ser mis padres abrazados, pues solo los había visto abrazarse en la entrega de medallas del circulo militar, el día que mi padre se retiró. Ese bulto bajo la manta debía ser mi madre, ya que se encontraba del lado que por herencia cultural le corresponde a la cónyuge femenina.

Entré en el cuarto para despertarla y hacerle saber que había llegado ya a la casa. Siempre lo hacía para dejarla tranquila. A ella le encantaba este ritual y a mi me hacía sentir menos culpable por lo tarde (o temprano) de mi arribo. En este caso no había salido de fiesta así que la culpa no jugaba un rol, pero igual iba a despertarla por costumbre. Estando a pocos centímetros de hacerlo, reconocí algo extraño bajo esa manta: esa mujer no era mi madre.

¿Entonces quien era esa mujer que se encontraba durmiendo dentro de mi casa, justamente en la cama de mis padres? Petrificado comencé a observarla y lentamente fui reconociendo algunos rasgos que me resultaban familiares. Me tranquilizo el hecho de que, a pesar de no saber quien era, en algún sentido ese bulto me inspiraba confianza. Esta mujer debía ser alguna de las tantas tías de mi madre que por algún misterioso motivo se encontraba desde hacía pocas horas durmiendo en la cama   mis   padres. Tendría a unos cincuenta años y se parecía mucho a alguien que conocía pero que no lograba identificar.

La señora abrió los ojos y me sonrió. No le devolví el gesto pues era ella quien debía aclarar su situación y no yo quien debía sonreír. Su aclaración fue un tanto particular:

—Carlos... ¿Que hacés levantado tan temprano? Cuando estabas en el baño prepare café.¿Querés que te traiga?

—No se quien es usted. ¿Que hace acá?

—Pero... mi amor. ¿Que te pasa? ¿Es una broma? ¡Soy yo Lili!

Comencé a temblar por dentro, sin poder emitir palabra. Por un instante no supe quien era, ni que hacía, ni donde estaba. Luego me di cuenta. Fue como mirarse en un espejo treinta años mas tarde. Solo atiné a decirle:

—Gracias, ya me serví café, pero... ¿Qué día es hoy?

—Domingo

—Con razón—dije.

Entonces me acosté y seguí durmiendo.

LUNES 8

~Dedicado a mis padres

El lunes por la noche fue terrible. Hubo trombas, hubo espacios blancos llenos de espuma. Su boca aun pastosa, no lograba digerir el trago amargo. Debía decir no, aunque realmente no quisiera. Quedaban horas largas, sin tiempo medible y por ellas cruzo todo: la tragedia, su justificación, la culpa, el sueño del hijo, el propio, hasta llegar al fondo.

Porque supo entonces que el fondo no era ese viaje, sino uno anterior, el suyo de hacía ocho años. Logro darse cuenta y ver que esta era una especie de vuelta y no una locura. Un símbolo de la unión que permanecía intacta a pesar de la distancia y el tiempo.

Debió haber pensado, por ejemplo, que bueno que somos tan amigos y no solo familia. Que buena la confianza y el respeto, que son raramente visibles en estas relaciones. Que orgullo, que paz.

Pero de golpe despierta. Han de ser las seis y esta solo en la cama. A lo lejos escucha un sollozo. Es ella, en la cocina, preparando algo y llorando por todo, por nada, por algo que supera al miedo. Entonces se levanta y se asoma sin que ella lo vea, esta tan sola, tan triste. Vuelve a darse cuenta de algo que es claro: ella no da más, y esa desesperación y ese miedo llevan ocho años.

El tampoco da más: no soporta verla así, nunca pudo. Entonces entra y le pide un mate. Ella se seca las lágrimas y dice algo previsible que vuelve a acusarlo. El no contesta a la acusación solo dice: "Hoy le escribo".

Entonces viene el abrazo relegado por tantos días, ella se afloja y lo besa sutilmente. Su decisión le lleva la calma necesaria para aflojarse y reír y vuelve loca a lo de todos los días. El se queda mas tranquilo, porque sabe que ya no sufre mas.

Se queda solo mirando al jardín y no sabe porque, pero larga el llanto aguantado, sin causa. Es que sabe que esta lejos, pero no es eso. Es la certeza, la clara conciencia de que su hijo es un hombre que no lo necesita. Pero se equivoca.

LA MISMA RUTA

Siempre pensaba mientras iba en el auto. No hay nada mejor para hacer. Es la misma ruta, los mismos veinticinco kilómetros al mismo trabajo, la misma radio que pasa la misma canción una y otra vez. A Esteban no le quedaba otra que pensar mientras manejaba.

Esa noche pensaba en lo absurdo que era todo, en como se le había pasado la vida estando solo, acompañado, solo. Sus tres hijos no eran un consuelo porque sabía (tenía la certeza en realidad) que seguirían su mismo camino: el de la incertidumbre. Este hecho no solo lo ponía triste, sino que le daba una suerte de fervor agnóstico que solo podía quitárselo bebiendo. Entonces supo que otra vez debería detenerse en el *Tootsie's*.

Cuando entró vio a los mismos de siempre. El barman le sirvió el mismo whisky, probablemente en la misma copa. Mientras daba el primer sorbo se dedicó a observar a las chicas, que una vez mas, tristemente comenzaban a cubrir su aburrimiento. Ya las conocía a todas: Betty, Sammy, Leslie, Aurora y María de los Ángeles. A ellas también se les había pasado la vida entre copas y sábanas sucias.

Casi siempre elegía a Betty, que no era la mas linda, pero con seguridad era la mas limpia. Siempre se lavaba con jabón desinfectante después de tener sexo. Esteban había llegado a apreciar ese olor a limpio que desprendía.

Sin embargo esa noche eligió a María de los Ángeles, que era la mas joven de todas. Tendría unos diecinueve y hacía tres meses que había llegado de México. No era bonita, pero aún conservaba un aire de inocencia que la hacía única y le sentaba bien.

Mientras subía las mismas escaleras pensó, como siempre, en su esposa Sally que debía estar cocinándole un pierna de puerco al horno. Era martes y el puerco nunca fallaba.

El trámite sería corto. Al entrar en la habitación, le pidió a María de los Ángeles que se desvistiera frente a él. La joven le hizo caso quitándose sin mucha docilidad las mismas desgastadas prendas que lucía cada noche. Entonces se le acerco a Esteban para intentar incitarlo, pero el la detuvo diciéndole que esa vez solo quería mirarla un poco. A pesar de su corto tiempo en la profesión, María de los Ángeles ya estaba acostumbrada a todo, y el pedido no le resultó extraño. Muchos de sus clientes pagaban el turno solo para hablar con alguien. Ella también tenía ganas a veces de pagarle a alguien para que la escuchara.

Entonces Esteban se quedó en silencio, observando el cuerpo redondo y desnudo frente a el. Se dio cuenta de que nunca las había mirado del mismo modo en que miraba a sus hermanas o a su mujer. La miró por largo rato, reconociendo cada pliegue y cada marca. María de los Ángeles volvió a preguntarle que quería hacer (al fin y al cabo ese era su trabajo) y el se quedó mirándola a los ojos en silencio, inmóvil desde esa cama compartida que en ese instante le parecía el rincón mas aislado del universo.

En eso se dio cuenta de que su vida si podía servir para algo. Podía servir de experiencia al menos. Pudo imaginar como María de los Ángeles se haría vieja mientras pasaban los hombres y los años. Como ella también se desperdiciaría y como los clientes la irían dejando de lado de manera inevitable. Esto no solo le dio rabia e indignación, sino que también le dio vergüenza. El mismo era culpable de lo que iba a sucederle.

Le preguntó si le gustaba lo que hacía y ella contesto que si, que haría lo que el señor quisiera. Entonces le levantó la voz insistiendo en la pregunta que si en verdad le gustaba su trabajo o si preferiría hacer algo distinto con su vida. De golpe María de los Ángeles se aflojó y empezó a contarle lo mucho que extrañaba a su mama, que estaba en Veracruz. Le contó que muchas veces se sentía tan sola y que su sueño era formar una familia.

Esteban se dio cuenta de que la pobre chica vivía en un pozo triste del cual nunca podría escapar. En el fondo, sus vidas se parecían bastante. Quería ayudarla de alguna modo pero no sabía como. No podía mandarla de regreso a México, de donde se había escapado, no podía casarse con ella porque la veía mas como a una hija que una esposa.

Pensó en si mismo y en como era que sentía que su vida se la había llevado el fracaso. Tenía una familia y un trabajo estable. Una *Cherokee* y veinticinco kilómetros con una parada en el *Tootsie's* u otro bar. Pensó en que si no hubiera parado en esos bares tan a menudo, tal vez su vida hubiera sido diferente. Probablemente se hubiera separado ya de Sally, que no era mala mujer, pero en verdad no le movía un pelo. Quizá hubiera encontrado a alguien que en verdad lo quisiera. Pero los quizás le quedaban ya a veinte años de distancia. Veinte años era mucho tiempo.

Se decidió a cambiar algo al menos. Ya era tarde para arreglar su matrimonio, cambiar de trabajo y reconfigurar su vida, pero al menos tenía la esperanza de poder salvar a alguien. Le pidió a María de los Ángeles que se vistiera rápido. Habían pasado solo diez minutos y ella pensó que al menos le pagaría la hora completa porque sabía que Esteban era generoso. Mientras sacaba el fajo de billetes del sueldo que acababa de cobrar, le pidió que le prometiera una cosa.

Ella lo miró sorprendida mientras Esteban apilaba los billetes de cien sobre su mano. Casi con impaciencia le rogó que no desperdiciara su vida como el resto de las chicas, que ella podía ser más, que tenía esta posibilidad de animarse a soñar y que la decisión debía tomarla ese mismo día. Le explicó como en cada curva que tomamos a lo largo del camino, nos jugamos la existencia. Que la veía capaz de pisar el freno y dar la vuelta para retomar el camino que la había traído a los Estados Unidos.

A María de los Ángeles se le llenaron los ojos de lágrimas. Alguien por fin se interesaba en ella. En principio creyó que la quería sacar de allí para llevarla con el. A ella eso le hubiera gustado, pero no iba a serle tan fácil. Le hizo prometerle que esa misma noche se iría del *Tootsie's* para no volver nunca mas, que debía tomar un bus a *Denton* donde un amigo suyo le alquilaría un cuarto bien barato.

La chica no entendía bien pero asentía mientras Esteban le hacía notas en un papel. Ahí estaba la dirección de su amigo y el teléfono de otro hombre que le daría trabajo de camarera en un bar universitario. Ella pensó que tal vez allí conocería a alguien que valga la pena, no como los miserables que iban al *Tootsie's*. Tenía que salirse de esa mierda de una vez y para siempre. Comenzaba a creer en el sueño que la había traído desde la pobreza y a través del desierto. Esteban le entregó el papel plegado en cuatro. Adentro había doce billetes de cien adicionales a los seis que ya le había dado en mano. Se los daba para que pudiera respirar por un mes al menos.

María de los Ángeles lo abrazó, pero de un modo en que nunca lo habían abrazado: con ternura. Por fin había hecho algo por alguien.

En el camino hacia su casa Esteban siguió pensando mucho. Principalmente le quedaba la duda de si ese dinero le serviría a María de los Ángeles para cambiar de vida o si sería girado a Veracruz al día siguiente. De cualquiera de las dos maneras estaba mejor gastado que en putas. Se había decidido a no volver al *Tootsie's* o a ninguno de esos bares que frecuentaba en el regreso a su casa. A su esposa le diría que había negociado una reducción de las horas para poder pasar mas tiempo con la familia. En verdad quería volver a pescar, a salir los sábados al cine. Tenía ganas de vivir.

En la intersección de la 635 y Midway un camión lo encerró contra la pared. Lamentablemente aún le quedaban seiscientos cincuenta y cinco dólares en la cartera. Mientras daba tumbos la *Cherokee*, Esteban sonreía. Estaba plenamente feliz de morir habiendo sido útil para algo. Dos días mas tarde María de los Ángeles le envió unas rosas anónimas a la viuda.

ASOCIACION PROTECTORA

Junio 4 de 2008

Asociación Protectora de Animales

Estimado Sr. Director:

Le escribo con el fin de aclarar la serie de eventos que llevaron al fallecimiento de mi perro *Chuch*.

He sido el custodio y guardián legal de este animal desde su nacimiento, el 12 de Octubre de 2001, hasta el pasado 13 de Abril, fecha en que por motivos que pasaré a explicar le di muerte.

Chuch (o el *Chuch*, como solía llamar a mi perro) fue siempre un can bien sociable. Al mismo tiempo, ya desde muy pequeño, reconocí en el una veta inquisidora y reflexiva. Se que suena extraño decirlo, pero el Chuch era a la vez mi perro y mi confidente. A el le contaba todo. Era mi amigo y mi compañía y es por esto que siento un terrible remordimiento por lo sucedido. Pero usted sabrá entender cuando conozca los detalles de su fallecimiento.

Recuerdo sus ojos acusadores cuando retornaba tarde a mi hogar debido a algún evento social o a cuestiones del trabajo. Al *Chuch* no le gustaba estar solo. A ningún perro le gusta, esto usted bien lo sabe, Sr. Director.

Ahora bien, intentaré entonces ser breve y relatarle los eventos que desencadenaron la tragedia que significó para mi la muerte del *Chuch*. El día 12 de Abril volví de mi trabajo a las seis como de costumbre. Cuando giré el picaporte, allí estaba con sus ojos clavados en mí. No mostraba la típica e ilusoria alegría del perro que deja de estar solo ante la llegada de un humano u otro perro. En sus ojos había algo extraño, acusador si se quiere.

No le di mayor importancia y me dirigí a la cocina para prepararme un café con leche, como hago todas las tarde al regresar de mi empleo. Estaba sacando la leche de la heladera cuando noté un olor extraño, como rancio. Enseguida pensé que sería la leche que se había puesto mala, pero al realizar el test del olfato y posteriormente el del gusto, determine que no era así.

Sin embargo el olor rancio, cuasi putrefacto, permanecía allí en el ambiente. A mis pies el Chuch alzaba la cabeza con sus ojos acusadores. Le hice la pregunta de siempre, que se quedó sin mas respuesta que la de sus ojos tristes e inquisidores.

—¿Que hiciste *Chuch*?... Eh... decime que hiciste.

Quizás *Chuch* presentía su final, también triste. Dicen que los perros lo presienten todo: cuando uno va a partir, cuando uno volverá y cuando saldrán a pasear. Me pregunto, Sr. Director, si los perros también intuirán la proximidad de la muerte. Me inclino a pensar que si, dado que *Chuch* fue directo a mostrarme la prueba de su propia sentencia.

Caminó hacia la puerta que da al jardín y allí giro su cabeza como pidiendo que le abriera, aunque el bien sabía entrar y salir por la puertita para perros que yo mismo le había fabricado. Bastó con abrir la puerta para ver el desastre que nunca pensé vería desplegado en mi jardín.

Desenterrados se podían ver los quince cadáveres, quince cráneos, treinta fémures y todos los demás huesos del cuerpo humano, multiplicados en una terrorífica alfombra verde y marfil. Bajé la cabeza y el Chuch me miró como diciendo ya sé que voy a terminar como estos quince, no tengo escapatoria.

Lo que mas me alteró fue que recorriera con tanta parsimonia el trayecto hasta el medio del jardín, donde se acomodó entre dos cadáveres semi descubiertos sin olvidarse de dar sus tres vueltas de perro que se acomoda. Desde allí me miró nuevamente con resignación, pero con la valentía de aquel que espera a la muerte sabiendo haber hecho lo que correspondía. El resto lo imaginará usted. El recorrido hasta el armario, la carga del *Ruger*, mi salida al jardín y el disparo entre los ojos.

La intención de esta carta es entonces explicar los motivos y la forma en que sucedió el fallecimiento de mi querido *Chuch*. Sabrá usted comprender que no podría haber tolerado volver a ver al *Chuch,* con su inquisidora mirada, luego de su descubrimiento en el jardín.

Ruego a usted que interceda ante el comité investigador dentro de la Sociedad Protectora, en la causa que se me han abierto por la desaparición del *Chuch*. El *Chuch* no esta desaparecido, esta enterrado con los otros quince al fondo de mi jardín.

Lo saluda atentamente,

~ Saúl S.

CATORCE PESOS

La cantidad de historias perdidas. Las hojas que en algún lado ocultan una versión de los hechos. Por ejemplo Berta. Por ejemplo el General o el vendedor ambulante, José Antonio Ferrari.

La ira y a veces el desorden, que siempre vuelven, han contribuido al olvido de tantos personajes. De los mas queridos, de los simplemente irrelevantes, de esos que pudieran haber sido imprescindibles. Todos en un tacho que ni los recuerdos podrán salvar.

El papel lo aguanta todo, menos la pérdida. Por eso en el camino de regreso, en el punto que se encuentra justo en medio de el banco de objetos inútiles y la sala de adminículos perdidos, he hallado este relato. La historia de un barrio cualquiera, dos amigos cualquiera, un verano.

****

Lucas tiene ya sus treinta años pero se acuerda siempre de ese verano. Julián tenía doce y el apenas había cumplido los once. Recordaba como Julián ya estaba cambiando la voz y hasta tenía pelos en las bolas.

Ese verano anduvieron para todos lados juntos: al cine, a tirar piedras desde el puente, a simular que debutaban a Saavedra, al cine porno. Un gran verano. Hasta febrero, un gran verano.

El hermano de Julián era policía y siempre que volvía a la casa les dejaba tocar su pistola reglamentaria, que en aquella época era una *Beretta* 9mm. Durante las tardes planeaban asaltos, tomas de comisarías o prostíbulos, como una forma de la rebelión contra el hermano mayor. Se les había ocurrido que sería bien original tomar un prostíbulo y violar (si es que esto fuera posible acaso) a cada una de las trabajadoras a punta de pistola. Ya habían decidido que Julián apuntaría primero y cogería después.

Cada tarde los detalles se ultimaban y era casi siempre Julián el que aportaba nuevos retoques al minucioso plan que habían elaborado con Lucas. Unos primos le habían contado a Julián de un puterío en Palermo donde habían mas de treinta chicas y cobraban solo siete pesos un pete. Julián y Lucas acordaron que ese sería el local a tomar. La cuestión era como hacer para robarle al hermano de Julián la *Beretta*.

Cada vez que Julián mencionaba la 9mm. Lucas se ponía un poco incómodo, pero intentaba no demostrarlo para no quedar como un cagón con su amigo. Lucas aún conserva la imagen vívida. Julián entrando al cuarto de su hermano y sacando la *Beretta* de un cajón de la cómoda. El hermano la había dejado allí para ir a ver a una novia en Escobar. Era la oportunidad para llevar a cabo el plan en el que venían trabajando durante varios días. Ya con la pistola en la cintura, Julián le dijo:

—Vamos pibe. Hoy es el día que vas a debutar.

Lucas casi no podía disimular como le temblaban las piernas mientras esperaban el 29. Su amigo Julián, en cambio, se mostraba con una gran confianza sabiendo que al fin había llegado ese día tan esperado por ambos. Al bajar del colectivo caminaron por Serrano hasta llegar a la casona que le habían indicado los primos. Julián toco el timbre mientras le guiñaba el ojo a su amigo que casi no podía moverse de los nervios.

Les abrió un hombre en camiseta y sin preguntarles nada los hizo pasar. La penumbra lo calmó un poco a Lucas y al ver las primeras chicas se envalentonó. Tal vez si iban a concretar el plan. Tal vez si iba a debutar al fin. Lo que paso a continuación aun esta borroso en su memoria.

Julián sacó unos papeles con su mano izquierda. Antes de que el hombre de la camiseta llegara hasta ellos, Lucas le sacó la pistola de la cintura a Julián. Vio al hombre enfurecido y el salto de Julián en el momento en que el dedo con los nervios apretaba el gatillo de la *Beretta*. El pecho de Julián con el agujero de 9mm en medio y los catorce pesos que caían al suelo para absorber parte de la sangre. La pistola de la policía rodando por el suelo y sus pies corriendo hasta la avenida por donde pasaba el 29 que lo llevaría de vuelta hasta su casa.

EL ULTIMO SACRAMENTO

Miró por la ventana. A través de la reja se podía percibir la penumbra proveniente del patio principal. Seis años había estado esperando este momento. Seis años mirando por la misma ventana, viendo la misma luz, con la misma intensidad de 100 vatios, proviniendo del mismo patio en el que ya nunca más iría a estirar las piernas de tres a tres y cuarto.

La monja estaría ya por venir y esto lo reconfortaba un poco. A veces uno puede reconfortarse con las cosas mas increíbles si la situación lo amerita. No era creyente, pero ansiaba esta última visita de la madre Marta, como si en ella se le fuera la salvación o la condena al patíbulo. El jurado ya lo había condenado seis años antes, pero Dios aún tendría que juzgarlo. Estas palabras, que parecían provenir de la madre Marta, provenían en realidad de su propia conciencia.

No había podido probar su inocencia: el chico muerto, las manchas de sangre en su zapato izquierdo, su pésima abogada asignada por el estado, su condena. Seis años esperando para morir es bastante. Pensó que equivaldrían a unos trece o catorce de los años de estar afuera. Pocas noches había podido dormir de corrido desde que lo habían encerrado en esa celda de tres por uno y medio. Casi siempre se quedaba en vela hasta las tres o cuatro de la mañana cuando al fin podía conciliar el sueño, que de todos modos no le duraba.

Muchas noches se despertaba sobresaltado por alguna pesadilla. Soñaba que había escapado y que doce perros babosos lo corrían hasta que caía en una zanja de la que no podía salir. Los doce perros entonces lo rodeaban ladrando, pero sin entrar en contacto con el agua putrefacta y el fango espeso del fondo del zanja.

Otras veces soñaba que un águila lo visitaba en su celda. Este sueño le gustaba a medias, porque siempre creía estar despierto y que el águila de verdad había llegado hasta la prisión para transmitirle algo, pero siempre terminaba engañado y cuando el creía que el secreto del ave le sería develado, la bestia saltaba sobre su cara picándole los ojos y las orejas. Al despertar siempre se tocaba para verificar que nada lo hubiera picado. Podía, aún estando despierto, sentir el dolor de las garras del águila clavándose en su pecho mientras el pico hurgaba en la cavidad de sus ojos. Era un dolor horrible e inexplicable. Un dolor como el que habrían sentido los padres del niño hacía seis años. Terrible e inexplicable.

La madre Marta golpeó su reja. Eran las cuatro y cuarenta y siete. En solo dos horas lo vendrían a buscar los guardias que lo arrastrarían los doscientos diez y siete pasos que ya no podría contar hasta el pabellón de desahuciados. Luego los dos pisos para abajo por escalera y la recta final hacia la horca. Lo había imaginado mil veces y ahora el momento real y verdadero de su propia ejecución estaba a punto de llegar. A las siete estaría muerto.

A no ser que... no, la monja no diría lo mismo que su conciencia, ni traería un indulto milagroso de último momento. El jurado ya lo había condenado pero el sabía que solo Dios podría juzgarlo. Por algún motivo esta era la única idea que lograba reconfortarlo. Ahora que la madre estaba con el, se aferraba aún mas a esta idea de que al menos Dios podría ver su inocencia. Un converso de último minuto podríamos decir. Un creyente por conveniencia si se quiere.

La madre ingresó a la celda y se sentó en el banquito de siempre, pero esta vez sin mirarlo a la cara. Fue breve y concisa. Le dijo que venía solamente a administrarle el sacramento de la extremaunción. En verdad solo los curas podían administrarlo, pero hacía doce años que no entraba un cura al presidio, desde que un recluso había ahorcado a un padrecito de tan solo veinte años tras discutir sobre el demonio y el origen del pecado. Desde entonces era la madre Marta la que venía enviada por la diócesis. Había administrado treinta y cinco extremaunciones y ese día completaría su tercera docena de condenados a muerte que aseguran su inocencia hasta el último minuto.

La madre se preguntó mientras se sentaba si ese sería al fin el día en que vería un arrepentido. A Dios le agradan los arrepentidos, pensó. El la miró con pena mientras ella oraba en silencio por su alma. Lo encomendaba a Dios y le pedía misericordia para el. Entonces le hizo repetir estas palabras:

—Señor, yo no soy digno de que entres en mi casa, pero una palabra tuya bastara para sanarme.

El las repitió sin pensar en el sentido de las mismas. Ya la madre Marta estaba por irse cuando el la tomó del brazo y le pregunto:

—¿Usted me cree madre? Usted debe saber que soy inocente. Yo no maté a ese chico.

Y entonces las palabras de la monja cayeron pesadas como párpados.

—Yo te creo hijo mío, pero solo Dios podrá juzgarte. Ahora es mejor que te arrepientas de todos tus pecados. Es tu última oportunidad para hacerlo.

El no dijo nada. Solo cayó de rodillas, abrazando a la madre a la altura del vientre, como tantas veces lo había hecho el chico muerto con su madre. Mientras cerraban la reja la madre hecho un vistazo al manojo de músculos y tendones que se revolcaba golpeando contra las paredes. No iba a ver a un arrepentido ese día. Le tocaría aguardar a la próxima ejecución.

Dos horas mas tarde la puerta se volvió a abrir. Los pies fueron arrastrados por los guardias, como de costumbre. Lo apoyaron contra la baranda de la escalera para tomar un breve descanso y continuar su camino hacia la horca. Un modo horrible de morir.

Ya en el patíbulo pudo ver a la madre Marta, al Supervisor General del presidio, a los padres del chico que se abrazaban con lágrimas en los ojos como si fuera su hijo al que fueran a ahorcar en unos instantes. También estaba el Secretario de la Fiscalía y el medico del presidio que certificaría su muerte y firmaría también su acta de defunción.

No pudo abrir la boca cuando le preguntaron por su último deseo, aunque llego a pensar en su madre y en que le hubiera encantado saborear por última vez un helado de frutilla. Cuando la capucha le cubrió la cara supo al fin que la hora le había llegado. Las siete en punto del miércoles 14 de Septiembre.

De repente todo se torno mas claro en aquella oscuridad. Esos segundo de silencio le hicieron muy bien. Pudo percibir las respiraciones agitadas de los presentes. Oyó el crujir de las botas del verdugo mientras se dirigía hacia la manivela que lo arrojaría cuatro metros hacia abajo. Sintió el vacío bajo los pies y el aceleramiento de una caída que le resultó interminable. Sintió sus pelos moviéndose hacia arriba por efecto de la inercia. Sintió la soga en el cuello y sus manos húmedas con la sangre un niño de tan solo nueve años.

DOS MODOS

Raúl Alejandro Enciso se bañaba todos los días a las siete. Entraba a la ducha un minuto después de que el despertador sonara a tan solo veinte centímetros de su oreja izquierda. Tres timbrazos, una media vuelta y arriba. Siete pasos hasta el baño, la luz a la derecha, el cepillo de dientes, el *Noc10* y la escupida treinta segundos mas tarde. Luego su mano derecha descorría la cortina plástica y movía la llave hacia la izquierda.

Martín Gaviria no se bañaba todos los días, pero siempre que podía lo hacía de noche. A veces ni bien llegaba a su casa y otras justo antes de acostarse, que era cuando mas le gustaba darse el baño. Nunca preparaba una toalla y por eso su baño era habitualmente un desastre húmedo.

Raúl comenzaba su ritual por el shampoo porque pensaba que lavar primero el cuerpo y luego echarle encima la mugre que cae de la cabeza al enjuagarla era un verdad un despropósito. Su método de enjabonado comenzaba siempre por las piernas, luego los pies, entre los dedos, la parte de atrás de las rodillas, el bajo vientre, el upite, toda la panza, la espalda, los sobacos y por fin la cara. Por último dedicaba un buen rato a limpiar bien las orejas, para evitar las infecciones.

Martin, en cambio, entraba y salía de la ducha lo mas rápido posible. Muchas veces pensaba que con el jabón era suficiente y que no tenía tan sucia la cabeza. Otras se ponía solo shampoo y con lo que caía de la cabeza se enjabonaba el cuerpo. Le gustaba el agua tibia.

Una vez que cerraba el agua, Raúl tomaba la toalla limpia que lo aguardaba a diez centímetros de la cortina. Entonces comenzaba el ritual de secado minucioso que había ido perfeccionando a lo largo de los años. Las piernas, el trasero, el bajo vientre, la panza, los sobacos, la espalda y por último el pelo. Las orejas se secaban luego con una toalla de microfibra especial y el interior de los oídos con dos hisopos de algodón.

Martín chorreaba agua hasta el cuarto, donde agarraba alguna toalla vieja y semi húmeda de alguna baño anterior. Casi siempre estaban cerca de la cama. Nunca se secaba las piernas o el pelo. Simplemente se secaba un poco la cara y se echaba la toalla sobre la espalda mientras comenzaba alguna actividad sin sentido como ojear una revista o cortarse las uñas de los pies con los dedos de las manos.

Raúl usaba el secador de pelo, sobretodo en invierno. Martín lo odiaba y por eso no tenía uno ni lo deseaba. Raúl murió a los treinta y siete años en un accidente de tren. Martín todavía moja la habitación cada dos noches.

DE VUELTA A CASA

Son las siete. Decidimos empezar a quejarnos. El auto avanza lento por el camino que siempre nos devuelve al garage, la puerta blanca, la heladera, al sofá y las cinco horas de tele. La queja viene porque fue un día largo y la ruta esta pesada. Es lunes y falta mucho para el descanso breve e insuficiente del fin de semana.

En eso al cruzar la 27 avenida vemos a un muchacho con la cara colorada por el sol. Sus ojos casi se le salen de la cara y es todo lo que podemos observar hasta que la fila vuelve a moverse. La insolación del muchacho nos deja un gusto amargo, como si fuéramos nosotros los que hubiéramos estado ahí al sol, en esa esquina por diez horas.

No sabemos porque pero ese muchacho nos pone tristes. Ya no nos dan ganas de quejarnos, porque en dos minutos el auto estará en el garage y las piernas sobre la silla reclinable que tanto nos gusta.

Mientras tanto el muchacho seguirá con los dos carteles colgando de los hombros.

La tristeza viene porque esa misma mañana, a eso de las nueve menos cinco por casualidad miramos al muchacho, que entonces no estaba insolado y no lo sabíamos, pero le aguardaban diez horas horribles. Entonces nos ponemos mas nerviosos porque mientras el microondas calienta algo y el pulgar inicia su ritual maniático, no podemos sacarnos al pobre muchacho de la cabeza. No queremos siquiera pensar en la idea de tener que verlo al día siguiente, reventado por el sol de hoy y esperando que llueva o se venga un frente frío para hacerle soportable el siguiente día. No nos gusta nada esa posibilidad e intentamos calmarnos con el cambia canal, pero no hay caso. Sabemos que al día siguiente allí estará y que el clima no será benigno porque pareciera que es elitista y nunca se pone del lado de los pobres.

Esta noche el ritual dura poco y a eso de las once nos vamos a la cama, aunque sabemos que no vamos a poder dormir. Damos vueltas hasta las tres y las ideas mas alocadas van y vienen como si se tratara de un ping-pong entre dos paletas esquizofrénicas. Y cuando al fin nos dormimos entonces llega un sueño, de esos que nos hacen recapacitar. Soñamos que despertamos en la esquina de la 27 con un calor insoportable. Los carteles, pesados sobre nuestros hombros parecen pesar una tonelada y las agujas del reloj se mantienen inmóviles a las doce del día. En eso entre la caravana de autos, vemos a uno que se parece mucho al nuestro, pero no es. Entonces el auto se estaciona a un costado y del lado del acompañante baja el muchacho, aún colorado pero bien vestido. No nos dice nada pero nos mira sonriendo mientras nos entrega una botella de agua fresca. No recordamos que vino después. El sueño pudo haber seguido pero el recuerdo de lo que vino luego está en blanco.

La radio nos despierta con ese locutor insoportable nos pone en pie a las ocho como todos los días laborables. Por algún motivo no tomamos el café ni prendemos la tele. De todos modos nos dirigimos al refrigerador para sacar un gesto de bondad, que tiene forma de galón de agua fresca. Lo metemos en la heladera portátil que habitualmente usamos para ir a la playa. Por dentro el plan estaba ya cerrado, pero no quería que mi compañero lo intuyera, por las dudas.

Subimos juntos, como todos los días, pero unos minutos mas temprano que lo habitual. Vamos como siempre hacia el oeste, pero al llegar a la 27 hago una izquierda y mi compañero se sorprende enormemente. Lo se, lo conozco de sobra. Entonces a unos metros de la esquina veo al muchacho, colorado como en el sueño y con cara de cansado, pero con buen ánimo para el día que le espera.

La industria publicitaria esta cada vez mas cruel. Hombres cartel, mujeres anuncio, cuerpos en alquiler. Por hora, por semana o por mes.

Cuando me ve bajar, el muchacho me sonríe como si supiera, como si el también hubiera soñado mi sueño. Simplemente le dejo la heladera y le digo que va a hacer mucho calor. Mi mal humor no entiende nada. Entonces corro de regreso al auto. Quiere alcanzarme pero no llega. Arranco pronto sin esperarlo a que suba.

Hoy si que va a ser un buen día en el trabajo. A la vuelta no pienso mirar a la derecha en la 27. No vaya a ser que el muchacho me arruine mi primera noche en soledad.

YO LO CONOCI

~Dedicado a Molly G.

Entró por la penumbra de un pasillo que tantas veces lo había imaginado. El sonido de sus suelas rebotando contra el mármol lo aturdía. Afuera las cigarras del verano y la puerta de entrada al pasillo, que se cerraba de un portazo, a causa de la ventisca que entraba para aliviar el calor de adentro casi todas las tardes del verano.

Nunca había entrado a ese departamento, a pesar de haber pasado cientos (tal vez miles) de veces por la puerta, en esas caminatas de domingo junto a su difunta esposa, Elsa.

Al entrar al cuarto, debió detenerse por un momento para acostumbrarse a la penumbra. Lentamente los objetos comenzaron a aparecer: una lámpara, la cómoda, el borde de una cama ortopédica. También pudo reconocer, antes que los objetos, el olor a orín y la voz.

—Yo lo conocí a Carlitos García.

Esa voz proveniente de algún lado en la penumbra, le era lejanamente familiar. Esa voz que llamaba su nombre, decía conocerlo.

—María... yo lo conocí...

La empleada no le respondió. Simplemente acomodó las excesivas cobijas y diseminó una fina lluvia de perfumador de ambientes, que solo conseguía exacerbar el olor inmundo del cuarto de una persona postrada.

—Yo lo conocí a Carlitos. Fue en la pesquería...

Carlos se quedo congelado, sin saber que hacer o decir.

*****

Nelly le parecía la muchacha mas distinguida de Zárate. Los padres no le sacaban los ojos de encima y a todas partes la mandaban con su hermana gemela. Una tarde en el Balneario *"La Pesquería"* pudo alcanzarla mientras iba sola rumbo a los cambiadores. Solo pudo decirle una palabra: Nelly.

*****

—Mire quien vino a visitarla. Adivine...

—María

—¿Que no oyó? ¡Abra los ojos! ¡Mire quien la visita!

—Yo lo conocí a Carlitos García. Mi mama nunca lo quiso.

*****

—Disculpe, pero me esta confundiendo con mi hermana.

—Pero que torpe... no me di cuenta. Es que son tan parecidas..

—No se preocupe. Nos pasa todo el tiempo.

Carlos pensó que nunca más se presentaría una oportunidad así. Ellas no iban a los bailes del *Club Náutico*, ni tampoco caminaban los domingos por Justa Lima. Después de ese verano, Carlos fue perdiendo las esperanzas de alguna vez poder salir con Nelly.

Todavía con ochenta y cuatro años recordaba la noche en que la vio llegar al baile de fin de año del *Náutico*. Tocaba la orquesta de Esquenazi y Torchiana. El corazón se le aceleró de un modo incontrolable durante unos segundos, hasta que vio como Tito Maneri le tomaba el abrigo y la sentaba en su mesa junto a su hermana.

Claro, Tito trabajaba en la administración del Frigorífico Smithfield, junto al padre de las gemelas. ¿Él, en cambio, quien era? Un simple empleado de comercio. Al año siguiente volvió a verla, esta vez de

la mano de Tito, y recordaba que fue esa misma noche que comenzó su noviazgo con Elsa, su vecina de
toda la vida, la compañera que tuvo durante cuarenta
y seis años.

*****

No sabía como, ni porque había tocado el
timbre, con que pudor... que fuerza le alcanzó para
poder subir los dos pisos y arrastrar los pies por el
pasillo, como si al fin de ese pasadizo estuvieran las
respuestas que nunca obtuvo.

Nelly había fallecido nueve años antes y no se
hablaba con su hermana Molly desde enero de 1973.
Ese silencio, sospechaba Carlos mientras tomaba
asiento, había en realidad comenzado décadas atrás.

—Dígale algo. ¿No anda todo el día llamándo-
lo al hombre?

—Yo lo conocí, María. Yo lo conocí a Carlitos
García.

—¡Y acá esta! ¿No lo ve? ¡Abra los ojos!

Molly abrió los ojos bien grandes. Las catara-
tas le impedían ver bien por ese entonces. Hacía meses que no se levantaba de la cama, pero igual hizo el
esfuerzo de enderezarse para hacer su análisis visual
del visitante. Luego de quince segundos dijo:

—El no es Carlitos García. Carlos no es ni gordo ni pelado.

Bajó los dos pisos por la escalera con mucha precaución. La empleada lo acompaño para abrirle y al despedirse le dio un beso agradeciéndole por la visita.

—Todos los días habla de usted. De como se conocieron en La Pesquería y que la madre de ella no lo quería a usted.

—Eran otras épocas... ya ve que ni siquiera me reconoció.

—Si, eran otras épocas.

Caminó por la sombra de los plátanos para evitar el fuerte calor de la tarde, rumbo a la casa donde habían nacido sus dos hijos. Había salido por fin de la oscuridad del recuerdo. Cerrado al fin el diálogo de décadas.

*****

FIN